放課後はキミと一緒に

りぃ

20192

角川ビーンズ文庫

目次

With you, after school

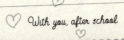

放課後はキミと一緒に

登場人物紹介

バスケ部に所属する、明るいクラスの人気者。
とても気さくな性格で、美佑にも話しかけるけど？

俺達なってみる？
放課後だけの
彼氏彼女に

赤城君と
二人きりなんて
心臓が持たないよ……！

ma+mb=m(a+b)

イラスト／あずさきな

|x+y|≦|x|+|y|
赤城大地
あかぎ　だいち
柏木美佑
かしわぎ　みゆ
高校２年生。引っこみじあんで人と話すのが大の苦手。
突然、赤城君に勉強を教えることになってしまい!?
sin(α±β)=sinαcosβ±cosαsinβ

本文イラスト／あずさきな

第1話「トンボの地味子」

トンボの地味子。

クラスのみんなが私をそう呼んでいるのは知っている。

真っ黒な髪《かみ》は後ろに一つのゴムで括《くく》っただけで、全く可愛《かわい》さのない赤色眼鏡《めがね》をつけた私。トンボのあだ名は昔からある童謡《どうよう》の歌から取っただけというのも、もちろん把握《はあく》済み。

そう呼ばれるのは仕方ないって思ってた。

だって本当に地味なんだもん。

まだ十七歳だっていうのに、明るさなんて私には一切《いっさい》無い。

だから友達もいなくて、いつも一緒《いっしょ》にいてくれるのは教科書とペンと恋愛《れんあい》小説。私がこんなものを持ち歩いているのは、母親から「勉強しなさい」と毎日言われるからだ。

勉強をする事は嫌《きら》いじゃない。むしろ好き。

だってまだまだ自分が知らない事はこの世の中にはたくさんある。

だからこそ意欲《いよく》は湧《わ》いてくるし、何よりも勉強は裏切らない。

そしてそれは恋愛小説も一緒。ラストは絶対にハッピーエンドだもん。

こんな地味子の私でも少しは女の子らしくいられる時間がこの恋愛小説を読んでいる時だけ。

だって、こんな見た目の私。誰《だれ》が好きになってくれるんだろう？

トンボの地味子だよ？　誰がトンボに好意を寄せてくれるの？

恋愛を放棄《ほうき》した私は、ますます勉強と恋愛小説に深くハマっていって……

抜《ぬ》け出せなくなりそうになっていた時に、ある男の子に手を伸《の》ばされて捕《つか》まってしまった。

「柏木《かしわぎ》！　お願い!!　俺に勉強を教えて!!」

ある日の放課後、突然《とつぜん》私に頭を下げてきた男の子。

トンボの地味子とは呼ばず、私の本名である柏木美佑《みゆ》の名字を呼んだ、背がめちゃくちゃ高いバスケ部員の人……

赤城《あかぎ》大地《だいち》。

名前の通り、とてつもなく広い大地のような心と熱い感情をぶつけてきた男の子が私の前に現れた。

第2話「約束」

赤城君が現れたのは本当に突然だった。

クラス委員長である私が日誌を一人で書き終わったこの時間。

橙色《だいだいいろ》の夕日がクラスを柔《やわ》らかな光で照らすこの光景を見ながら、私は真っ赤なブックカバーがかかった恋愛小説を読んでいた。

いつもの賑《にぎ》やかで……だからこそ孤独《こどく》を感じるこのクラスがたった一人、私のためにあると思えるこの時間が大好きだった。

そして恋愛小説の世界にのめり込み、没頭《ぼっとう》する。

家に帰ったら親が決めた家庭教師との生活が待っている私にとって、唯一《ゆいいつ》の息抜《いきぬ》きだった。

そして、その日もいつもと同じく変わらない放課後を過ごしていたその時。

バタバタバタッ!!　と豪快《ごうかい》な足音を鳴らして廊下《ろうか》を走る上履《うわば》きの音が聞こえてきた。

「煩《うるさ》いなぁ」

せっかく高校生同士の初々《ういうい》しい二人が少し距離《きょり》を縮めようとするとってもいいシチュエーションだったのに。

肩《かた》を落としため息をついた時、また豪快にドアをスライドさせる音が聞こえてきた。しかも開いたのは私のクラスだ。

誰だろう？　誰かが忘れ物でもしたのかな？

視線だけ扉《とびら》の方へ向けると、私とバッチリ目が合った男の子がいた。

「わっ！　誰かいた!!」

突然現れた男子は、スポーツロゴがプリントされたタンクトップにグレーのハーフパンツ姿で首にはスポーツタオルをかけていた。

それに確かこの背の高い男子。バスケ部でエースをやっているって聞いた事がある男子だ。クラスは確か隣《となり》で名前は……

「深谷《ふかや》君？」

「おっ！　俺の名前知ってんの？」

イケメンなのに人懐《ひとなつ》っこい顔で私の言葉に反応してくれる。

その明るい表情にドキッとしてしまった。

でもこの人、彼女がいるはず。だってクラスの誰かが、彼女がいるから諦《あきら》めなきゃーって話していたのを聞いた事があるから。

このクラスに来たってことは、私以外の誰かに用があるわけで……

「なー、赤城のやつ知らない？」

……赤城君。

ウチのクラスのバスケ部員の男子の一人だ。

私が通っている高校は、バスケ部が県内ではトップレベルの強さを誇《ほこ》る強豪《きょうごう》らしい。だから一般入試《いっぱん》でもバスケ部希望の人は多くて、各クラスに何人かは必ずバスケ部員の子がいる。赤城君もその一人だ。

「なぁ、探してるんだけど？　ここには来てねぇ？」

「うん……見てない」

小説にまた視線を戻《もど》してそっけない返事をした。

「ふーん、そっか。じゃーいいや！　もし赤城のやつ見かけたら、バスケ部のやづらが探してた！　って言っといてくれよ！　頼《たの》むな！」

「えっ？　ちょっ」

勢いよく立ち上がり深谷君に声をかけたけれど、それだけを言い残してあっという間にその場からいなくなってしまった深谷君。

私が赤城君に伝言とか……自分から男子に話しかけるなんて。

「で、出来ない。出来ないわよ、そんなことっ！」

独り言を言いながら立ち上がった時に眼鏡がズレたからかけ直した。

すると、黒板の前の教壇《きょうだん》からガタガタガタッ!!　という音が聞こえてきた。

「へっ？　えっ？」

教壇？　今、教壇から音が聞こえてきた気がする。

もしかして放課後だけ出没《しゅつぼつ》するお化けとか妖怪《ようかい》の類《たぐい》？

いや、でもまだ外は明るい。そんなものが出るなんてまだまだ早い時間だ。

じゃぁ……誰？

もしかして変質者？　校内に侵入《しんにゅう》した犯罪者とか？

怖《こわ》くて固まってしまった私の身体《からだ》は思うようにいう事を聞いてくれず、足がガクガクと震《ふる》えるだけで逃《に》げる準備も何も出来ていない。

教壇の中からはおかまいなしに大きな音を鳴らせて、黒くて大きい影《かげ》がその姿を現した。

「あーーっ！　狭《せま》かったぁ！」

「きゃあああああっ！」

突然大きな音と大声と共に現れた長身の後ろ姿。

あまりの驚《おどろ》きに私はらしくない叫《さけ》び声をあげて、自分の席へと座り込んでしまった。

現れた長身の男の子はウチの学校の制服を着ていて、教壇の中に無理な体勢で隠《かく》れていたせいか、長い腕《うで》を伸ばして思いっきり背伸《せの》びをしている。

腕を伸ばした後、その男子はゆっくりと私の方を振《ふ》り向いた。

そしてその顔は……

「あ、赤城君？」

「おー。柏木、ありがとうな、大和《やまと》のヤツどっかやってくれて」

私が変質者と思った相手は、さっきまで深谷君が探していた赤城君その人だった。

クラスメイトであったことに安心して気が抜けた気持ちと、「どうしてあんなところに？」と疑問に思う気持ちで胸の中はいっぱいだ。

今すぐにでも謎《なぞ》を解明してスッキリしたいのに、私の口は気持ちとは違《ちが》いパクパクと開いたり閉じたりしてるだけ。

そして今の衝撃《しょうげき》に身体も動かなくて、ただ赤城君を見上げている格好になっていた。

「あーっ！　やっと抜けられた！　ったく、さっさと探しに来て部活に行けってんだよな」

伸ばした長い腕は背伸びをやめて、今度は片腕《かたうで》ずつグルグルと回している。

そして歩いて近づいてくる赤城君はクラス一身長が高いのもあるけれど、あっという間に後ろの席の方にある私の机までやってきた。

「悪かったなー。驚かせて。でも、スゲーだろ？　俺のかくれんぼ」

「……」

返事の言葉は出てこなくて、ただ首振り人形みたいに上下に頷《うなず》き続けた。

おかげで眼鏡《めがね》もズレて、今の私は滑稽《こっけい》な顔になっていると思う。

「んっ？　凄《すご》くない？　俺のかくれんぼの術」

それはもしかして「隠れ蓑《みの》の術」と言いたいのかな？

間違《まちが》いに気付かない赤城君は椅子《いす》に座って動かない私の方に上半身を屈《かが》ませ、顔を覗《のぞ》き込んでくる。

私の目の前には赤城君の顔があり、髪《かみ》はワックスか何かを付けているのか、独特の爽快感《そうかいかん》のある香《かお》りがした。

それにしても……

「ち……」

「ち？」

「……近い」

「へっ？　何⁇　声、ちーせぇよ」

「ち、近いっ」

「だから何⁇」

さらに近寄ってくるただのクラスメイトの赤城君の顔。

この人は人見知りもしないクラスの人気者だからいいけれど、人付き合いが一番苦手な私にはこんなの拷問《ごうもん》以外の何物でもなくて！

「ち、近い！　離《はな》れて！」

力を込めて赤色のブックカバーを赤城君の顔面に押し当てた。

思いっきりぶつけたブックカバーは見事に赤城君の顔面にヒットして、離してみると赤城君の鼻の頭は真っ赤になっていた。

「そ、そんなにイキナリ近寄ってきたら驚くし……それに、何で⁉　いつからあんなところにいたの⁉」

ぶつけた本で今度は自分の顔半分を隠し、目だけを出して赤城君を見ていた。

慣れない男子との会話にこめかみからは次々と汗《あせ》が流れ出てくる。

そんな私を赤城君は何とも思っていないのか、よくぞ聞いてくれました！　みたいなニッコリと笑った顔で応《こた》えてくれた。

「教壇の下だろ？　隠れたのはみんながいなくなってからだ。お前ずっとここに座っていたのに、日誌書いてからも全然気付かないんだもんな。本ばっか読んでて」

顔が羞恥心《しゅうちしん》に襲《おそ》われて赤くなっていくのがわかる。

ずっと見られていたんだ、私の行動の一部始終。

普段《ふだん》は誰《だれ》も気にも留めない私の行動が、まさか放課後の時間になって見られているなんて。

「すっげー幸せそうな顔で本、読むんだな。柏木って。いつもそんな顔してりゃいーのに」

赤城君は赤くなった鼻を擦《こす》りながら、私の前の椅子に座り、誰にも言われた事のない言葉を送ってくれた。

「いっ……て！」

ただでさえ普通《ふつう》に会話する事が難しいのに、こんなことを言われてこのままここにいられるほど、私の心に余裕《よゆう》はなかった。

「か、帰る……」

「えっ？　ちょっ」

「さようなら！」

赤色のブックカバーを学生鞄《かばん》に無理矢理《むりやり》押し込めて、逃げるようにその場を離れた私。

もう赤城君がなぜあんなところに隠れていて、バスケ部の子がどうして探しているのかなんて事情はどうでもよくなっていた。

「おーい！　柏木！　待てよ！」

遠い後ろの方から私を呼ぶ声が聞こえる。

振り向いたら、教室の窓から顔だけを出して赤城君は私の姿を見ていた。その時、目と目が合い、ますますどうしていいかわからなくて逃げる足が速くなる。

なのに赤城君は……

「また明日《あした》なーっ！」

聞こえていないふりをして、今度は鞄で顔半分を隠しながら私は早歩きで靴箱《くつばこ》まで辿《たど》り着き、バス停までの道をまだ跳《は》ね続けている鼓動《こどう》を一人で感じつつ歩いた。滅多《めった》に帰ることのない夕暮れ前のこんな時間。

いつも帰る時間は授業が終わってすぐ下校する生徒と、部活後の生徒が帰る間の時間だからほとんど同じ学校の子はいないのに、今日はいつもより早いせいか同じ制服を着た生徒をチラホラ見かける。

それもみんな楽しそうにどこかに寄る予定をたてながら。

私と違い、制服もオシャレに着崩《きくず》していて髪もメイクもちゃんと流行を追っている。

学校の中では地味でもいい。その他大勢の一人でいられるから。

でも、一歩学校の外に出ると、途端《とたん》に虚《むな》しさに襲われていつも下を向いて歩いてしまう。

逃げるようにしてやってきたバスに乗り込む。

でも、家に帰ったら帰ったで別に居心地《いごこち》がいいわけじゃない。

「あら、今日は早いわね。放課後、予習復習はしてこなかったの?」

家の中に入るなり、「おかえりなさい」の言葉さえもない私の母親だ。

「……今日は、放課後にクラスの子が残ってて集中出来なかったから帰って来た」

「そう。だったら家庭教師の先生が来るまでちゃんとやっておきなさいよ。お勉強は繰《く》り返しが一番大切なんだから」

「はい」

「ただいま」も言わない私達親子の会話。

階段を上がりながらいつからこんな会話しかしなくなったんだろう……っと、ふと思った。

昔から私は本が大好きな子どもだった。

家にあった本はジャンル関係なく片《かた》っ端《ぱし》から読み倒《たお》し、足りなければ図書館へ通い、それで気に入った本は書店にて購入《こうにゅう》する。

今思えば、お母さんはこの頃《ころ》から私に期待していたんだと思う。「頭のいい子に育ってくれれば」って。

こんなんだから友達なんか出来るはずもない。

会話をする人なんて一日で家族だけ、なんて日は常にある。

時々、思う。

お母さんは私が学校生活を楽しんでいると思ってくれているのかな？　って。

私がどんな学校生活をしているのか気にならないのかな？　って。

聞かれないからこそ、聞いてほしい。

そんな子供心は時々私の心の中から意思表示をしてきて、つい言いたくなる時が訪《おとず》れる。

特に今日みたいな日。

いつも通りに放課後一人でいると、バスケ部のかっこいい男の子が突然《とつぜん》人探しにやってきて、その子がいなくなってやっと一人の時間になったと思ったら、その探し人の本人は教壇《きょうだん》の下に隠《かく》れていたんだよ！　って。

「……ぷっ」

教壇から出てきた赤城君の後ろ姿を思い出してつい笑ってしまった。

確実に百八十センチ近くありそうなあの長身で、どうやってあんな狭《せま》いところに隠れていたんだろう。きっと凄《すご》く窮屈《きゅうくつ》だったんだろうな。

手足を絡《から》み合わせて縮こまりながらあそこにいたんだろうな。

でも、どうして？　何でそこまでして逃《に》げているんだろう？

家に帰って来て気持ちが落ち着いたのか、やっぱり疑問に思えてきた赤城君の今日の行動。

深谷君の様子を見る限り、きっと隠れたのは今日が初めてだ。

だって放課後はいつも部活に行っているはずだもん。

「ふふっ。隠れ蓑《みの》の術をかくれんぼの術とか言ってた」

また思い出し笑いをしてしまった。

堂々としたもんだったから訂正《ていせい》するのも忘れちゃったな。

「凄く自信満々だったもんね」

クスクスと笑いながら自分の部屋に入り、綺麗《きれい》に整理整頓《せいとん》をしてある勉強机に鞄を置く。

……そういえば、今日笑ったの、これが初めてかもしれない。

らしくない自分の姿に驚《おどろ》いて、鞄の中から教科書を出す手が止まる。

「やだ、何で笑ったんだろう？」

教科書で顔にパタパタと風を送り、焦《あせ》る自分の気持ちを何とか調整した。

「もうすぐ家庭教師の先生が来るんだから、ちゃんと復習しておかなきゃ」

教科書も鞄も机に置きっぱなしにして、制服を脱《ぬ》ぎハンガーにかけて毎日代わり映《ば》えのしない部屋着に着替《きが》える。

家に帰って来てもどこかに出かける必要もない。

急に友達に呼び出されることもない。

夜に電話やメールをする彼氏なんかいるはずもない。

携帯《けいたい》は一応持っているけれど、寂《さび》しくなるから連絡《れんらく》先のメモリーも見ないし、携帯を触《さわ》る事もない。

きっと、今日初めて喋《しゃべ》った赤城君なら毎日のようにお友達と一緒《いっしょ》にどこかに遊びに行ったり、部活に励《はげ》んだりしているんだろう。

でも私は……

「……勉強しよ」

私のつまらない日常の中に突然起きたハプニングの張本人である赤城君の顔を、強引《ごういん》に頭の中から消し去った。

そして私はいつものように教科書や参考書だけを見つめ、家庭教師の先生が来るまでノートが文字で真っ黒になるほど、ひたすらペンを走らせた。

そして次の日。

初夏の気持ちいい風を肌《はだ》に感じながら、いつも通り下を向いて登校していた私に、初めて声をかけてきてくれた人がいた。

「あっ！　昨日、赤城のクラスにいた奴《やつ》だろ⁉」

靴箱に着く前に聞き覚えのある声が後ろから聞こえてきた。もしかしてこの声は……

「よう！　おはよう！」

「……っ！」

手を上げて、私に挨拶《あいさつ》をしてくれる男子がそこにいた。

昨日、赤城君を探しに来ていた深谷君だ。

そしてその周りには同じ位の高身長に、部活中だからか同じような服装の男子が六人くらいいる。

初めて声をかけられた驚きに、私は単純な挨拶さえも出来ないでいた。

「赤城の奴、見てねぇ？」

だから何で私に聞くんだろう？

私みたいな奴が赤城君がどこで何をしているかなんて知っているはずがないのに。

早くこの場から去りたくて首だけを左右に振《ふ》ろうとしたら、深谷君たち男子の輪から一人、女子が顔を出した。

「誰《だれ》に声かけてんの？　って、柏木さんじゃん」

深谷君の後ろから顔を出してきたのは、二年になってから同じクラスになった五十嵐《いがらし》さんだった。

この人は同じ女子というだけで、私とは全く違《ちが》う人種の生き物だと思っている人。

スタイルもジャージ姿なのに長い手足のおかげで華《はな》やかな服のように見え、顔もノーメイクに近いのに全《すべ》てがハッキリとしたパーツだから汗《あせ》を掻《か》いても全然不潔さがない美人さん。

そういえばこの人はバスケ部のマネージャーだ。

だったら五十嵐さんが赤城君を探せばいいじゃないっと、胸の中でささやかな反抗《はんこう》の言葉を呟《つぶや》いた。

でも五十嵐さん、私の名前覚えててくれたんだ。全く接点がない私達だから、知られていなくて当たり前なのに。

「昨日、赤城のクラスにこいつが一人で残ってたんだよ。だからもしかしたら居場所知ってんじゃねーかと思って聞いてみた」

深谷君が五十嵐さんに事のいきさつを説明するけれど、五十嵐さんは興味がなさそうな感じ。

「柏木さんが赤城の居場所なんか知ってるわけないじゃない。ただでさえ、男子とはあまり喋らないもんね」

女子とも全然喋らないけれど……、心の中で答えながら首をしっかりと縦に振り続けた。

「だったらお前が連れてくりゃいーじゃん。同じクラスなんだから」

横から会話に参加してきたのは、赤城君とよく似ている髪型と身長の男子だ。

あっ、この人も知ってる。いつも騒《さわ》がしいから目立っている三上《みかみ》君って子だ。

「嫌《いや》よ」

「何で？」

何でだろう？　五十嵐さん、面倒《めんどう》なのかな？

それよりも私、ここから立ち去っていいかな？　多分、私には関係のない話になってきたっぽいし。

足音を忍《しの》ばせて気配を消し、その場を離《はな》れていく私に誰も気付かない。

こういう時、存在感が薄《うす》くてよかった……っと思う。

そして五十嵐さんがポツリっと呟いた声が少しだけ聞こえた。「だって私、教えられるほど頭あんまりよくないもん」って。

人に紛《まぎ》れて逃げてきた靴箱《くつばこ》。

今は部活をしていない生徒が登校し、少し混雑している。

嫌だな、人混《ひとご》み苦手。だけど今日は助かった。この人混みに紛れてあの集団から逃げる事が出来たんだから。

自分の靴箱に辿《たど》り着き、ローファーから上履《うわば》きに履《は》き替《か》える。

その間、さっきの話を思い出した。

あのバスケ部の人達の様子だとまた赤城君は部活をサボったみたい。

もしかしてやる気がなくて部活がしたくないから逃げ回っているのかな？

それなら合点《がてん》がいくけれど……

あそこまでして逃げ回るなんて子どもみたい。今日も逃げ回ったんだろうか？　今度はどこに隠《かく》れたんだろう？

「ふふっ……」

部活をサボることはとても褒《ほ》められたことじゃないけれど、逃げ回っている姿を想像したら面白《おもしろ》くてまた少し笑ってしまった。

上履きに履き替えて二年生の教室がある三階まで階段を上がり、HR前で賑《にぎ》わう廊下《ろうか》を一人歩く。

今日もみんなそれぞれ自分の定位置で友達と昨日のテレビの話をしたり、噂話《うわさばなし》をしたり、好きなことを話しあったりしている。

何年経《た》ってもこの空気には馴染《なじ》めなくて、私はHRが始まるギリギリの時間に教室に着くことにしていて、今日もある場所に向かった。

教室とは反対の方向に歩き出して、角を右に曲がりさらに奥へと進む。

そして、普段《ふだん》使われていない空きの教室の扉《とびら》をスライドさせた。

この教室は一年生のときに偶然《ぐうぜん》発見した場所で、鍵《かぎ》もかかっていないこの教室は私の放課後以外で過ごすお決まりの場所になっていた。

もちろんお昼ご飯もここで恋愛《れんあい》小説片手にまったりと過ごしている。

「ふう……」

教室の隅《すみ》には机と椅子《いす》が適当に積み上げられていて、その中から一人分の椅子と机を取りだしていた私はそこに鞄《かばん》を置き、目を閉じてため息をついた。

今日は朝から慣れない人達と喋って疲《つか》れた……

いや、実際には全然喋っていないのだけれど。

それでも朝から誰かとこんなに関《かか》わることなんて私にはない。

今日一日分の神経を使ったっと思い、椅子に座り瞼《まぶた》を開けた。すると目の前の黒板の前には、長身の男……

私を見て、気まずそうな表情をした人が後頭部を掻いてそこに突《つ》っ立っていた。

「きゃあっ!!」

「しっ！　しーーーっ！　叫《さけ》ぶな！　柏木！」

叫ぶ私に大急ぎで近寄り、大きな手のひらで口を塞《ふさ》いだこの人。

なぜか赤城君がこの教室にいた。

勢いよく塞がれた手のひらの勢いで眼鏡《めがね》がズレて裸眼《らがん》の景色になる。

私の視力は眼鏡がないと全てがぼやけて見えるくらいで、三十センチ先のものさえもよく見えない。

それでも赤城君の顔はハッキリと見える。ということは、それだけ近くに赤城君がいるということで……

「ふっ!! ふーーーーーーっ!!!」

「おいっ、口を塞いでるのに叫ぶなよ。意味ねーだろ」

足をじたばたさせて、両手は赤城君の腕《うで》を力強く持つ。初めて触《さわ》る男子の腕。

その事を一瞬《いっしゅん》で自覚すると、恥《は》ずかしくて離してしまった。

目をギュッと瞑《つぶ》り、両手を胸の前でコブシにする。

顔は真っ赤だ。絶対真っ赤。

何で昨日から私、こんな目にあっているんだろう。

「あっ！ やべ！ 苦しい？」

苦しいのは色んな意味で苦しい！

息も上手《うま》く出来ないし、ずっと触《ふ》れられている赤城君の手のひらの感触《かんしょく》と熱が私の熱さと同化して、ますます私の熱を上昇《じょうしょう》させる。

「わっ、マジで赤くなってきてる。手、離すけど叫ぶなよ？ わかったな？」

何度も何度も首を縦に振った。今の私は首振り人形だ。

「絶対だぞ？」

眼鏡もズレたまま、髪《かみ》を振り乱して強く頷《うなず》いた。

そしてソッと赤城君の手のひらが離れていき、その感触と熱が残ったまま私は数秒ぶりに空気を吸うことが出来た。

「ぷはっ！　はぁ……はぁ……」

「あー、悪い。大丈夫《だいじょうぶ》か？」

気まずそうにしゃがんだ赤城君は私を見上げ、また後頭部を掻いていた。

私はというと、息を止められたのは数秒程度なのに、まるで窒息《ちっそく》寸前まで息を止められていたみたいに息が荒《あら》くなっている。

だって、本当におかしくなりそうだった。

顔を近づけられるのも、口を押さえられるのも、男子に触ったのも……

初めての事が一度に三つも襲《おそ》ってきたのだから。

俯《うつむ》いた状態でズレた赤眼鏡をかけ直す。その私の様子をただ赤城君はずっと床《ゆか》に胡坐《あぐら》姿で見ている。

……いつまで見ているんだろう。

その視線が気になる私は精一杯《せいいっぱい》の勇気を出して、赤城君に問いかけてみた。

「な……何？」

「んっ？　いや、大丈夫かな？　って」

私が喋《しゃべ》りかけたら大きな口は嬉《うれ》しそうに微笑《ほほえ》んだ。

きゅ……っと、心臓が引き締《し》まる感じがした。

苦しい……まだ窒息状態は続いているみたい。

「だ、大丈夫だ、だから！　それ……それよりバスケ部の人達が探していたよ？　赤城君の、こと……」

何を喋っていいかわからず、苦し紛れに出てきた共通の話題はさっき会ったバスケ部の人達。

別に知らせるつもりはなかったけれど、でもどう考えても私達の共通の話題はやっぱりこれしかなかった。

「げっ……しっつけーな」

心底嫌《いや》そうな顔をした赤城君。そんなに嫌なんだ、バスケ部。

確かにうちの高校のバスケ部は強豪《きょうごう》だから練習もきっと相当厳しくて激しいはず。入部してもすぐやめる人も多いってことも、顧問《こもん》の佐々木《ささき》先生から聞いた事がある。

赤城君もそのタイプなんだろう。

でも、羨《うらや》ましいけどな……。

そうやって深谷君みたいに引き止めてくれる人がいるんだから。

誰《だれ》かに必要とされる事って赤城君みたいな人気者には簡単な事なんだろうけど、私にはとても難しい事なんだから。

「はぁ……」っと、情けないため息をついたあと、赤城君から私の考えがまるで見当ハズレだった事を思い知らされる言葉を耳にするなんて、この時は思いもしなかった。

「だいたいさー、部活と勉強と両立ってのがそもそも無理なんだっつーの」

……んっ？　部活と勉強？　部活の練習が嫌なんじゃないの？

眼鏡の奥の自分の目が、止まらない瞬《まばた》きをしてしまっている。

どうしてここで勉強という単語が出てくるんだろう？

俯いていた私の顔は少しだけ赤城君の方に向かい、ちょっとだけ目が合った。

慣れない男子の目線に一瞬で心が挫《くじ》けて、視線を逸《そ》らしてしまう。それでも赤城君は気にする事もなく、私に喋りかけてきてくれる。

「ちょっとさ、一年の時の成績が悪かったからってこの一週間は部活無しで、部室に佐々木と二人きりで猛勉強《もうべんきょう》だぜ？　考えただけでゾッとして逃《に》げたくなるっつーの」

……もしかしてこれが、赤城君がバスケ部の人達から逃げていた原因なんだろうか？

「部活が嫌なんじゃないの？」

その時、自分から疑問に思ったことを初めて赤城君に投げてみた。

目線はとても合わせられなかったけれど、クラスの人に……しかも男子に話しかけるなんて今までの私には考えられなかったことだけど、赤城君にはなぜか出来たんだ。

赤城君の嫌悪感《けんおかん》たっぷりだった目は、今はまん丸になっていて物珍《ものめずら》しそうに私を見ていた。

うわっ、恥ずかしい！　やっぱり話しかけなければよかった。

そう後悔《こうかい》していると、どこまでも明るい声が私達以外いない教室に響《ひび》き渡《わた》る。

「部活？　バスケは嫌《きら》いじゃねーよ。好きじゃなきゃあんなしんどい事やってないって！　俺が嫌なのは勉強ーっ!!　普《ふ》通《つう》の授業さえもメンドイのに、なんでわざわざ部活の時間にまで勉強しなきゃいけないんだか……」

最後の言葉はまるで独り言のように小さくなっていたけれど、確かに聞いた。

部活は嫌じゃないって。

ということは、ただ佐々木先生と二人っきりで勉強するのが嫌だから逃げ回っていただけなんだ。勉強が嫌だからって教壇《きょうだん》の下に隠《かく》れたり、こんな誰も気付かないような教室にまで逃げてきたり……

「ふっ……」

どこまでも子どもみたいな赤城君の行動に思い出し笑いをしてしまい、つい笑い声が零《こぼ》れてしまった。

「あっ、笑った」

胡坐姿のまま私を見上げる赤城君は、私を指差して驚《おどろ》いた顔をしている。

その瞬間《しゅんかん》、とてつもない熱にまた顔中が侵食《しんしょく》されていく。

恥ずかしいっ！　一人で笑っている姿を見られてしまったなんて！

「きょ、教室戻《もど》るから!!」

その場を逃げたくなった私は咄嗟《とっさ》に椅子から立ち上がり、走り出して教室から逃げ出そうとした。

「うおっ！　ちょ、ストップ！　ストップ!!」

逃げ出そうとする私の手首を、いつの間にか立ち上がっていた赤城君はしっかりと掴《つか》んで私を引き止めた。

男子に手首を掴まれてしまっている！

その現実に込みあがってくる叫《さけ》び声は驚きすぎて声にならなくて、私の行動は全《すべ》て停止。一歩踏《ふ》み出した間抜《まぬ》けな姿で止まってしまった。

「昨日もだけど、何ですぐ逃げ出そうとするかなー？　俺、別に不良でもなんでもないし、同じクラスだろ？　別に怖《こわ》がられる筋合いないんだけど」

赤城君の言う事はもっともだ。

私だってそんな事くらいわかっている。別に逃げ出す必要はないって。

でも、みんなと同じように経験も成長も出来ていない私には、こうして誰かと……しかも男子と二人っきりでゆっくりお喋りなんてハードルが高すぎるんだ。

「ＨＲまでまだ時間あるだろ？　一人だと暇《ひま》なんだよー。喋り相手になって！」

手首を摑んだまま、とんでもない事を言い出した赤城君。

私なんかが喋り相手だなんてどうかしてる。

「わ、私と……なんて、面白《おもしろ》くもなんとも、ないから……」

精一杯の抗議《こうぎ》をしてみた。

だって本当のことだ。

私と一緒《いっしょ》に過ごす位なら、バスケ部の人達から逃げているほうがよっぽど楽しいと思う。

「そんなことないって。ほら、クラスでほとんど喋ったことないだろ？　柏木がどんな奴《やつ》か知りたいし」

ほとんどというか全く喋ったことないよ。

それより場を持たすためとはいえ、私の事を知りたいだなんて赤城君は本当に変わってる。

やっぱりその場から離《はな》れようと思い、一歩を踏み出そうとすると赤城君から強引《ごういん》に手首を引っ張られて椅子《いす》に座らされた。

「どっこも行くなよー」

なんて言いながら私を座らせた張本人は、後ろに積み上げた状態の机と椅子から一脚《きゃく》の椅子を取り出して、私と対面になるように机の前に置いた。

そして座った。

「……」

また目の前には赤城君の顔。

どこに視線をやっていいのかわからなくて、やっぱり下を向いてしまう。

だけど赤城君はおかまいなしに次々と私に喋りかけてくる。

「柏木ってさ。いつもここにいんの？」

「……そう」

「こんなトコで何してんの？」

「い、色々……」

「色々？　色々って何？」

……いつまで続くんだろう、この尋問《じんもん》。

「色々は色々……」

勉強ならともかく、ここで一人恋愛《れんあい》小説を読んでいるなんてとてもじゃないけれど言えない。

きっと「らしくない」とか言われそうだし思われそうだ。

「何だよー、気になるじゃん。あっ、もしかして言えないくらい恥《は》ずかしいこと？」

「そ、そんなんじゃ……違《ちが》う！　べ、勉強っ!!　ここで勉強してるの！　休憩《きゅうけい》時間も昼休みも放課後も！」

余計な勘違《かんちが》いをされたくなくて咄嗟に出た言葉だけれど、ますます暗い奴だって思われちゃったかも。

少し後悔したけれど、だけどこれが「私らしい」だろうと思いなおした。

「えっ⁉　お前、授業以外でもそんなことしてんの？」

っと、明らかに明るくなったのはその赤城君の声。

「じゃあさっ！　人に教えんのとか得意⁉」

「……へっ？」

机に身を乗り出して、俯《うつむ》いている私の顔を覗《のぞ》き込む赤城君の顔は裸眼《らがん》の状態でも充分《じゅうぶん》見える距離《きょり》だ。

もちろん私の肩《かた》は上がり、鼻で息を吸ってそのまま止まった。

「あのさ、一週間後に佐々木のヤローが作った俺専用の数学のテストがあるんだよ！」

停止している私なんか関係ないのか、赤城君の話は続く。

「それで合格点取らなきゃ部活の練習には参加させないって言われてんだよ。酷《ひど》くね？」

酷いのはこんな至近距離で私を見上げながら喋《しゃべ》り続けている赤城君のほうだと思う。

「でもさ、勉強は大っ嫌いなの、俺」

うん、そうだろうね。逃げ回ってるくらいだもん。

「だけど、バスケは好きだから部活は続けたいんだよ」

だったらテストで合格点を取ればいいじゃないって簡単に思う私は薄情者《はくじょうもの》になるのだろうか？

「でも、クマみたいな佐々木のヤローと部室で二人っきりで勉強なんて絶対嫌《いや》だ！」

佐々木先生か……確かクマみたいにおっきい人だったな。

「だからさ、柏木！　休み時間や放課後も残って勉強するくらい好きなら、俺に勉強教えて!?」

パンッ!!と目の前で拝むように手を叩《たた》き、頭を下げているのは間違《まちが》いなく赤城君だ。

えっ？　今、赤城君、何を言ったの？

誰《だれ》が誰に勉強を教えるの？

纏《まと》まらない私の頭の中は「？マーク」でいっぱいだ。

「このとーり！　頼《たの》む！」

まだ私に拝んでいる赤城君。

「佐々木と二人っきりよりもお前との方が数倍いい!!」

瞬間、急上昇《きゅうじょうしょう》の私の体温。比べられたのが佐々木先生なのが複雑だけど。

「お願い！　テストの日まででいいから！　助けて！」

拝んでいる両手からチラッと見えるのは、薄《うす》く目を開けている赤城君の顔。

眼鏡《めがね》の奥を覗かれているような視線がぶつかり、私はつい頷《うなず》いてしまった。

「あっ！　オッケー!?」

「……えっ？」

頷いた事をオッケーだと思い込んだ赤城君の暴走は止まらない。

合わせていた両手はいつの間にか机の上に置いていた私の両手を掴んでいた。

「今、頷いたよな？　いい？　放課後だけ俺に勉強を教えてくれる⁉」

近い赤城君の顔。熱に溺《おぼ》れ、混乱した私は言われるがまま……

「……う、うん。わかった……」

そう、答えてしまった。そして、

「よっしゃ！　じゃあ、今日からなっ！」

っと、赤城君のどこまでも明るくて大きい声が二人だけの教室に響《ひび》き渡《わた》った……

第3話「赤城君と数学」

あれから気付いたら昼休みになっていて、私はいつもの通りに無人の教室に一人で来て、お母さんが作ってくれたお弁当を机の上に広げている。

でもお箸《はし》が全然進まない。

お昼休みは勉強で使った脳の疲《つか》れからいつもは空腹のはずなのに、全くお腹《なか》は空《す》いていない。

空いていないどころか、胸の辺りが息詰《いきづ》まるように苦しくて、水分を取るのがやっとだ。

今日一日、こんな状態だった。

その原因は他《ほか》の誰でもない、赤城君。あの人のせいだ。

朝一番に今日の放課後から勉強を教える約束を無理矢理《むりやり》させられて、言った張本人はそれはご機嫌《きげん》でこの教室を出て行き、取り残された私はしばらく放心状態。

ギリギリの時間にHRに向かい自分の机に辿《たど》り着くと、今まで一切《いっさい》気にならなかったのに斜《なな》め後ろから感じる視線に何となく気付き、後ろを振《ふ》り返ると私を見て爽快《そうかい》な笑顔《えがお》を振りまいてくれる赤城君の姿。

……本当、心臓に悪い。

私が笑顔を返せる事なんか出来るわけがなく、見なかったことにして急いで前を向いた。

それから四限目までは心臓はずっとこの調子だ。

斜め後ろにいる赤城君の存在が気になってしょうがなくて。

自意識過剰《かじょう》だってことはわかっているけれど、どうしても気になってしまう。

この四限目まで客観的に見ていて思いなおしたこと。

赤城君は本当によく笑い、よく喋り、笑顔が絶えない。そんな人だ。

住む世界が違う……改めてそう感じた。

だからこそ、この緊張感《きんちょうかん》は拭《ぬぐ》いきれないんだ。

やっぱり無理かも……この教室で赤城君と二人っきりで数学を教えるなんて。

赤城君には数学の問題がわからないだけかもしれないけれど、私にとってはこの空間をどうしたら居心地《いごこち》よく出来るのかなんて、無理難題をふっかけられているようなものだ。

「や、やっぱり断ろう……」

そう決意したもののお弁当は口には一切入る事もなく、大好きな恋愛小説を読んで気を紛《まぎ》らわせようともしたけれど、一行も頭に入ってくる事はなかった。

そして何の心の準備も出来ないまま、私は放課後を迎《むか》える事になる。

声が小さい私の代わりに男子の副委員長がいつも号令を掛《か》けてくれる。

その声を聞くと、私は日誌を出して一日のクラスの出来事を書き綴《つづ》り始めるのだけれど……

「赤城ーっ。今日部活は？」

「あー。佐々木に連絡済《れんらく》みー。来週から出るわ」

後ろの方で同じバスケ部の男子と会話をしている赤城君の声が聞こえてきた。

は、早い……いつの間に佐々木先生に連絡なんかしに行ったんだろう。

そしてさらに二人の話は続く。

「うおっ！　お前とうとう佐々木と部室で二人っきり⁉」

「ばっか、ちげーよ。佐々木以外の奴《やつ》に個人授業してもらうんだよ」

日誌の上に力を入れすぎたシャーペンの芯《しん》が折れてしまった。

個人授業だなんて……

間違ってはいないけれど、もっと違《ちが》う言い方があったと思う！

「うははは っ!! 誰だよ！　お前にそんな無駄《むだ》な時間使う奴!!」

ここにいます。無駄な時間を使う奴が。

部活仲間にそこまで言われる赤城君。相当、点数が悪いのかな？

シャーペンの芯を出しながら、私はちょっと違う意味で不安になってきていた。

「うっるせーなっ！　とりあえず土日以外は部活には行かねーから！　その間、ポジション横取りすんじゃねーぞ！」

「知るか！」

全く、私の気持ちなんか露知《つゆし》らず。赤城君は部活仲間に話をつけると、そのまま教室を出て行った。

向かった先は体育館がある方向ではなくて、私がいつも行く無人の教室の方向。あぁ、やっぱり夢じゃないんだ。赤城君と一対一の個人授業。

「はぁぁぁぁ……」

胸の奥の息詰まりがまた蘇《よみがえ》ってきた。

心臓が口から出てきそうな位、何かが込みあがってくる。

緊張《きんちょう》、しまくっている。

「私が勉強を教えるなんて……そんなの出来ないよ」

日誌の日付を書く手付きが震《ふる》えるのを感じながら、今でも迷うのはこのままあの教室に行くか行かないか。

出来ることならこの教室にいて逃《に》げ出したい。

でも、約束してしまった。

赤城君は佐々木先生に伝えてあるって言っていた。

だったら、先生は私ってことはわかっていなくても、誰《だれ》かが赤城君に勉強を教えていると思っているはず。

「うぅぅ、しょうがない……行くか」

日誌を書く手の震えはまだ収まらない。

ガタガタに震えた文字で日誌を書き上げた時には、いつもより倍の時間がかかってしまっていた。

ギギィっと、頼《たよ》りなく椅子《いす》を引く音を耳にしてペンケースを鞄《かばん》の中に仕舞《しま》い込み、そのままゆっくりとした足取りで教室を出た。

大きく響く心臓の音を聞きながら、あの教室へと足を進める。

その間、考えている事は、

「どういう態度であそこに座り続ければいいんだろう？」

「私はちゃんと教える事が出来るの？」

「それ以前にマトモに会話をする事が出来るの？」

人として、根本的に何かが欠落している私の悩《なや》みはそんなところだ。

いくら喋《しゃべ》りやすい赤城君が相手とはいえ、あまりにもハードルが高過ぎる。

そんなことを思っていても、距離《きょり》というものは縮まっていくもので。

赤城君が待っている教室の前に、あっという間に私は辿り着いていた。

「ふぅ……」

いつもなら軽く開けるこの扉《とびら》も、まるで鉛《なまり》が入っているかのように重い。

扉に手をかけようにもなかなかスライドさせることが出来ない。

でも、赤城君が私達のクラスを去ってからかなりの時間が経《た》っている。もしかしたら、諦《あきら》めて帰ってくれているかも⁉

逃げ回る位ジッとしていられない赤城君のことだ。

もうここにはいないのかもしれない。その証拠《しょうこ》に教室の中からは物音一つ、聞こえてこない。

いないかも……という期待を持ちつつ、私はゆっくりと扉を開けた。

教室の中は、放課後の時刻を主張させる橙色《だいだいいろ》が教室中をその色に染め上げている。

その景色の中に机や椅子の影《かげ》を細長く伸《の》ばした黒い影と、一人の人影が一緒《いっしょ》に伸びていた。

やっぱりいた。人影の正体は想像通りの人物の影。

でも椅子に座って机に腕《うで》と顔を埋《うず》めたまま、ピクリとも動かない。

これってもしかして……

「ね、寝《ね》てる……の？」

恐《おそ》る恐る近づいてみてよく見ると、肩《かた》は上下に規則正しく動いている。

窓を閉め切っているせいか、グラウンドで部活中の生徒達の声も最小限度のボリュームでしか聞こえてこないから、近寄るたびに寝息《ねいき》が聞こえてきた。

「肩幅《かたはば》……広いんだ」

背が高いのはもちろん知っていたけれど、こうして間近で骨格なんて見るのは初めて。

赤城君が突《つ》っ伏《ぷ》している机はほとんどその存在が見えなくて、長い足も机には収まりきらず、足を広げた状態で座っている。

こうして見ると、私なんかとは何もかもが違うんだな。

男子のそばにこれだけ近寄ったのはいつ振《ぶ》りだろう……

「ね、寝てるなら帰ってもいいかな⁇」

ほら。やっぱり逃げ腰《ごし》になっちゃう私の意気地《いくじ》なしの心は、どこまでも臆病《おくびょう》だ。

「うん、帰っちゃおう。もし、何か言われたら寝てたからって言ったら……」

そこまで独り言で呟《つぶや》いたところで、赤城君の広い肩幅が少し揺《ゆ》らいだ。

「ひゃ……」

お、起きた？

今の私の独り言で起こしちゃったんだろうか？

グリグリと腕に自分の目を擦《こす》りつけている赤城君はまだ起き上がる様子はない。

帰るなら今のうち⁇

一歩、二歩……っと、後ろ足に下がって行き、様子を窺《うかが》う。

目を腕にグリグリさせたまま、また固まった赤城君の大きな身体《からだ》。

また、寝ちゃったのかな？

目を擦った勢いで少しこっちに傾《かたむ》いた赤城君の顔は口や鼻は腕で隠《かく》れて見えないけれど、目だけはハッキリと見える。

いつも笑っている人懐《ひとなつ》っこそうな瞳《ひとみ》は閉じたまま。

でも、その瞳は隠していない赤城君の素顔《すがお》そのままを見ちゃった気がして……

気付けば、後ろに下がった足は前に進んでいた。

しかもさっきよりもずっと近くに。

物音をさせないように、赤城君の顔を覗《のぞ》き込む。

睫毛《まつげ》、結構長いんだ。起きている時よりも、ずっとずっと幼く見える寝顔《ねがお》。

「ふふっ……」

また、赤城君で笑ってしまった。

「覗き見すんなよー。えっち」

「っ！！！！」

パチッと一瞬《いっしゅん》で見開いた赤城君のしっかりした瞳。

私は驚《おどろ》きすぎて声も出ず、豪快《ごうかい》な音を立てて床《ゆか》に尻《しり》モチをついてしまった。

「うおっ！　大丈夫《だいじょうぶ》か⁉」

尻モチをついた衝撃《しょうげき》で、眼鏡《めがね》は教室の床に独特の音を鳴らして落ちた。

でも、そんなの拾う余裕《よゆう》なんてない。

お、起きてた‼　しかも私の行動を見られてしまっていた‼

その事実に開いた口が塞《ふさ》がらず、ただ呆然《ぼうぜん》と赤城君を見つめていた私。

そんな間抜《まぬ》けな表情の私を、赤城君は豪快に笑い続ける。

「マジかよー、お前！　まさかこんな程度で驚くとは思わなかったんだけど」

そう言いながら、寝起《ねお》きはいいのかラクに立ち上がり、その長い腕と指先で私の眼鏡を拾ってくれた。

「ほら」

差し出してくれたのは、今私が落としてしまった赤いフレームのトンボと言われている眼鏡。

でも、あまりにも驚きすぎて、手を出す事も忘れてしまった。

「えっ？　もしかしてマジで腰《こし》とか抜《ぬ》けた？　お前どんだけだよ。お化け屋敷《やしき》とか絶対ダメじゃん」

お化け屋敷というものに入ったことがないからどういうものかわからないのだけれど、これくらいは普通《ふつう》なのだろうか？

やっぱり私とみんなの普通の基準は違《ちが》うんだ……なんてそんな再認識《さいにんしき》なんかどうでもいい。

早く眼鏡を返してもらわないと。

「あ、あり、ありが、とう……」

「ぶはっ！　言えてねー！」

私達以外いない教室に赤城君の笑い声は響《ひび》き渡《わた》る。

床に座ったまま眼鏡を受け取り、ぎこちなく立ち上がる。

だってどこに目線をやっていいのかわからなかったから。

だけど、いつまでも俯《うつむ》いている私に関係なく、赤城君は話を始めた。

「実はさー。お前が来るまでに一応教科書でも見とこうかな？　っと思って、今日授業でやった分のトコ見てたんだけど」

あっ、一応復習はしていたんだ。何だ、やる気あるんじゃ……

「だけど、公式見てたらいつの間にか寝ちまってた。数字ってヤバイな。俺にとっちゃ睡眠薬《すいみんやく》と一緒だわ」

っと、軽く笑いながら椅子に座った。

机には確かに教科書とノートは開いてあった。

赤城君の身体が大きかったから見えなかっただけで、あったんだ。

まだ裸眼《らがん》では赤城君がどんな表情をしているのか正確にはわからないけれど、きっと輝《かがや》く笑《え》顔《がお》を振《ふ》りまいているんだろうな。空気でわかる。

私が一人でいるときの空気とは全く違う。

同じ教室なのに……赤城君一人増えただけでこんなに明るくなるんだ。

「でも、寝るのは駄目《だめ》」

「えっ？」

独り言が聞こえてしまった。

慌《あわ》てて眼鏡をかけた私は「な、なんでもない！」と言い、ブンブンと横に首を振り何もなかったことにする。

赤城君は不思議そうに首を傾けていたけれど。

そしていつまでも動かない私に赤城君が「座れよ。勉強できねーだろ？」なんて言うもんだから、今まで寝ていた人が言う言葉じゃない。って、心の中で呟いてやった。

ゆっくりといつもの席に座ると、赤城君と向かい合う形になる。

うぅ……緊張《きんちょう》する……

視線は机に一点集中。机の上には数学の教科書にノート。

きっと無造作に鞄《かばん》の中に突っ込んでいることが窺えるボロボロの教科書とノートは、驚く事にほとんど書き込まれていなかった。

「え？　ノート……書いてないの？」

口から出た疑問の声。その声に気まずそうに答えるのはもちろん赤城君。

「あー、俺、さっきみたいに寝ちゃうんだよ、数学。で、気付いたら授業終わってる事がほとんど」

「ね、寝ちゃうって……授業中⁇　寝ちゃうの⁉」

驚いた声は私らしくない大きな声となって口から出た。そのくらい私にはショックな事だった。

「おっ、初めて叫《さけ》び声以外に声出したなー」

ニコニコと悠長《ゆうちょう》に構えているこの人。

授業で寝ているっていうのに、何でこんなに平然としていられるんだろう？

授業中は黒板と先生以外見ていない私にとっては考えられないことなのに。

「そ、そんな事してるから、勉強できないんだよっ」

「うわっ！　きっついなー、柏木！　マトモに喋《しゃべ》ったと思ったらコレかよー」

そう言いながら、机に両腕《りょううで》を組んでそこに顎《あご》を乗せる赤城君は、私を見上げる体勢になっている。

その朗《ほが》らかな視線に囚《とら》われてしまいそうになるけれど、慌てて視線を逸《そ》らす。

「べ、勉強できるようになりたいんなら、まず、ちゃ、ちゃんと聞いて、見て、書かなきゃ……」

たどたどしくも偉《えら》そうなことを言ってみる。あぁ、私絶対に教師とか向いてない。

「はーい、せんせー」

そんな私の気持ちなんか露知《つゆし》らずの赤城君はいつまでも調子がいい。ノートを取るとパラパラと捲《めく》りだした。

「じゃあ、このノートが数字や公式でビッシリ埋《う》まったら俺も少しは頭がよくなるかなー？」

「それはそう、だと思う……」

「うげっ。今考えただけで吐《は》き気がした」

赤城君は心底嫌《いや》そうな顔をした。

本当、表情がコロコロよく変わる。

やっぱりその姿を見てしまうと私は「ふふっ」っと、つい笑ってしまうんだ。

そして難しい顔をした赤城君は「はぁーっ！」って盛大なため息をつくと転がっていたシャーペンを手に取る。

「でもいつまでも部活を休むわけにはいかねーしな。一週間だけ頑張《がんば》るか」

っと、今度は気合いが入った顔になった。

「じゃ、よろしくお願いしマース。柏木せんせー」

「せ、先生はやめて……」

「でも、せんせーだろ？　これだって個人授業みたいなもんだし」

「こ、個人、個人授、授業とかっ！　そういうの……な、ないから！」

「わははっ！　意識しすぎー」

「も、もう！　始めるから！　どこからわからないの!?」

「おっ！　マジでせんせーモードになった⁇」

駄目だ。全然、先に進めない。

きっと普段《ふだん》からこういう調子なんだ、赤城君は。佐々木先生が部室に閉じ込めて勉強させたがるのわかる気がする。

このままだと絶対、無駄《むだ》話の方が長くなってしまう。

話し上手じゃない私が赤城君を言いくるめて勉強を進めるのは無理だ。だったら、話さなくてもいいこの方法でいこう。

「ノート貸して」

ポツリっと呟《つぶや》いて、赤城君の腕《うで》の下敷《したじ》きになっていた真っ白なノートを救出した。

かわいそうに。こんなに真っ白じゃ、ノートとしての意味が無い。

私はそのかわいそうなノートに二年生になってから授業で習った数学の問題を思い出して、私なりに赤城君にわかりやすく問題を作成し、ノートの両面に次から次へとシャーペンで書き綴《つづ》っていった。

「えっ？　おぉー！　すげ……っ。よくそんだけの問題が浮《う》かぶなー。でも、それ、習ったっけ⁇」

「これ、二年生になってから習った問題だよ？　凄《すご》く最近……」

「えっ？　そうなの⁇」

大丈夫《だいじょうぶ》かな、この人……

そして私は、赤城君を佐々木先生が満足するような点数が取れるようになるまで教えてあげる事が出来るのか……初日から不安しかなかった。

思ったとおり、赤城君の数学の出来は散々だった。

よくこれでこの高校の受験に合格出来たなって思っちゃったくらい。

それを勇気を出して聞いてみると「だってバスケが強いこの高校には絶対受かりたくてさー。あの時は俺の人生で一番勉強した時だったかも。部活も引退したから時間もあったしな」っという事みたい。

そうか、だからこの高校に入って部活が始まった途端《とたん》、成績もガクンと下がっちゃったのね。納得《なっとく》……

「部活さ、キツイんだけどすっげー楽しいんだよ。みんな上手《うま》いのは当たり前だから、その中でどうやって先輩《せんぱい》や同級生よりも上手くなって追い抜《ぬ》くか、そればっかりに夢中になって……」

夢中、か。いいな。私には誰《だれ》かと一緒《いっしょ》に夢中になって何かをする事は皆無《かいむ》だ。

「でさ、ポジション争いなんかも……」

「はい、採点出来たよ」

話の途中《とちゅう》で悪いとは思ったけれど、私が作った問題を赤ペンで採点し終えた分を赤城君に返した。

そのノートを見て、眩《まぶ》しい位にいきいきとバスケの話をしていた赤城君の顔は奈落《ならく》の底に突《つ》き落とされたみたいな表情に変わる。

「うっ……バッばっか……」

そう、見事にバッばっか。だって基本が全然出来てないんだもん。

「でも、計算は間違《まちが》っていないから……えっと、公式の問題だと思う。ちゃんと公式を覚えて当てはめていけば、なんとかなるよ」

「マジで⁉」

「ひゃあっ！」

勢いがついた赤城君の顔は私のすぐ前に現れた。

近い！　どうしてこの人はこうも猪突猛進《ちょとつもうしん》なんだろう⁉

「マ、マママジでっ‼」

咄嗟《とっさ》に私が取った行動は、ノートに挟《はさ》んであった暗記用の透明《とうめい》の赤い下敷きを自分の顔の前に当て、壁《かべ》を作ることだった。

これ以上迫《せま》られると、私の心臓が持たない！

「よしっ！　解決策さえわかれば後は簡単だよな！　今日はこれで終わっていい？」

「……へっ？」

下敷きから目だけを出し、顔をしかめて赤城君を見てしまった。

まだ始まって三十分くらいしか経《た》っていない。なのに、もう終わりだなんて早すぎない？

「あっ、やっぱりダメ⁇」

私がこういう反応をする事がわかっていたのか、気まずそうな表情を浮かべている。

私じゃなくても、誰でもこういう目付きになると思う。

「さ、最低……い、一時間は、した方がいいと……思う」

三十分くらいの勉強じゃ一回の授業にもなっていない。せめて毎日一時間。

これくらいしないと覚えるものも覚えられない。

っと、言い出せたらいいのに、喋り下手な私は頭の中ではスラスラとお喋り出来るのに、目の前にいる本人にも伝える事が出来ないのが今、私達の沈黙《ちんもく》の原因だ。

そしてその沈黙を破ったのは、赤城君の悲しいくらいの訴《うった》える声だった。

「あーやっぱそうだよなー。うん、わかってんだよ……俺の数学、壊滅《かいめつ》的にヤバイもんな……」

自分でもわかっているのか、素直《すなお》には応じてくれるけれどやる気に繋《つな》がるにはまだ遠いみたいだ。

勉強に繋がるやる気って……どうすれば出てくるんだろう？

「う～ん……っと。数学ってパズルみたいなものだから、カラクリがわかればきっと、楽しく……思えて……勉強もい、嫌々《いやいや》じゃなくて、バスケ……みたいに楽しいもんだって思えば……あとは……」

まるで独り言のようにブツブツと呟いている私。

一応、私なりの励ましの言葉だけど、こんな声が赤城君に届いているはずがない。

言っている自分が恥《は》ずかしくなってきて、眼鏡《めがね》の色や採点用のペンと同じ位に顔は真っ赤に、そして熱くなってきて汗《あせ》もじんわりと滲《し》み始めてしまった。

「なぁ、もしかしてソレ、俺にやる気を出させようとしてくれてんの？」

赤城君の声が頭上に響《ひび》き、俯《うつむ》いた顔はますます下を向いてしまう。聞こえていたんだ、私のか細いこの声が。

「トンボの地味子」なんて呼ばれている私に励まされても何のやる気にも繋がらないだろうけれど、でも「勉強を教えて！」っと言われてしまった以上、もう放置は出来ない。

小さくコクリ……っと頷《うなず》くと、赤城君はなぜか、

「おぉ……」

っという感嘆《かんたん》の声を出した。

「わ、私の励ましなんか……いら、いらないと思うけれど」

「んなことねーって！　やる気出さねぇ俺が悪いんだから。これが佐々木だったら間違いなく一発殴《なぐ》られてるんだからさ。勉強見てくれんのが柏木でよかったよ」

なんて事を……

ますます小さくなっていく私の頭、首、肩《かた》。完全に自分の制服のスカートのプリーツしか見

られなくなってしまった。

そんな私をまた放置して、赤城君は次々と喋《しゃべ》りだす。

「いや、本当、佐々木ってさ。すぐ殴るんだよ。部活中でも三上とふざけあっていたら後ろからバチンッ!! って頭に強烈《きょうれつ》な張り手! あれ、すっげーイテーの!」

あっ、また始まった、赤城君のお話。すぐに勉強から脱線《だっせん》しちゃうんだから……

「でもさ、佐々木より俺らの方が全然背が高いだろ? だからアイツ、ちょっとジャンプして叩《たた》いているんだぜ? 後ろから見てたら超《ちょう》オモシレーの!」

あぁ、確かにちょっと面白《おもしろ》いのかもしれない。クマみたいな図体《ずうたい》の佐々木先生のちょっとジャンプチョップ。その姿に少し笑いそうになっちゃう。

「だから、佐々木と二人だったらこうして穏《おだ》やかにお勉強～ってわけにはいかなかったよな、絶対」

穏やかにお勉強……

私との時間をそんな風に感じてくれているんだ、赤城君は。

その言葉にホッと安堵《あんど》した心は冷静さを保ち始めて、また赤城君の顔を見られるくらいにまで戻《もど》った。

なのに……

「それにさ、こうして誰もいない教室で放課後に女子と二人だなんて、付き合ってるみてーじやん？　俺ら」

今の私の状況《じょうきょう》を伝えるのなら、顔が「大爆発《だいばくはつ》」を起こした。

そう伝えるのが一番わかりやすいのかもしれない。

「い……し、信じら、られ、られな、ないっ‼　なっ……なな、何、何、何言って……言ってるの……⁇」

何を言っているの？　は自分の方だと思う。

でもそのくらい、私の脳内は熱に浮《う》かされてクラクラと浮遊《ふゆう》していて、マトモな受け答えなんか出来なかった。

そんな私とは正反対にキョトンとした赤城君の顔。珍《めずら》しいものを見たみたいに私の顔を見つめている。

「やっ、冗談《じょうだん》だから……」

何でもないような素振《そぶ》りを見せながら、赤城君はこう言った。

……意識しているのは、私だけ。そう自覚した瞬間《しゅんかん》、また赤く赤く……目まで充血《じゅうけつ》しているんじゃないかってくらい、全身が熱くなる。

「……もう、やだぁ……」

呻《うめ》きに似た声を出しながら、さっき以上に小さくなっていく私の頭の上に下敷《したじ》きで壁を作り「見ないで」という、せめてもの意思表示。

でもこんな行為《こうい》、自由人の赤城君に伝わるわけがない。

「おーい。隠《かく》れきれてねーぞ？　ほら、起きろ」

私の一つに括《くく》ってある髪《かみ》の束を、クイッと引っ張る赤城君の大きな手。また、心臓が飛び跳《は》ねた。

「かくれんぼなら俺の方が得意だなー」

なんて言いながら、私の髪をまだ引っ張っている。

顔を上げるまで、ずっと引っ張られてしまうの？

下を向いた時にズレた眼鏡の状態のまま、恐《おそ》る恐る顔を上げる。

下敷きで目から下は隠した。それでも眉《まゆ》も目尻《めじり》も下がりきっている私は、何とも情けない顔をしていると思う。

「うはっ！　真っ赤！」

やっぱり笑われた……

楽しそうに私を見て笑う赤城君は、髪から手は離《はな》してくれたけど今度は眼鏡のフレームに伸《の》ばしてくる。

「柏木って表情豊かだよな？　いーじゃん」

いーじゃん……それって褒《ほ》め言葉なの？　首を傾《かたむ》けると、また笑う赤城君。本当によく笑う人だ。

「べ、勉強の続き……」

ここで素直に「ありがとう」を言えない私。本当、捻《ひね》くれてる……

「わかってる、わかってる」

そう言いながら赤城君の指先は私の眼鏡のフレームを持ち、ズレた眼鏡を掛《か》けなおしてくれた。

「……あっ……えと……」

「はい。続きよろしくー。せんせー」

ふざけた声だけど、一応またやる気を出してくれたようだった。

私は自分で微調整《びちょうせい》をしながら眼鏡を触《さわ》っていると、赤城君はまだ私のことが気になるみたいで目を逸《そ》らさない。

誰《だれ》かに見られることに慣れていない私は、目の前から感じる視線を受け止めるだけで精一杯《せいいっぱい》だ。

その目から逃《のが》れるために、ひたすら次の問題を作って書き続けた。

その間も赤城君は私から目を逸らさない。

私のシャーペンを持つ手と、顔。見比べるように見ている。

うぅ……集中出来ない。

そして見開き全部に問題を書き終えたところで、赤城君が声を出した。

「マジでさぁ」

「……な、何？」

顔を上げた先には赤城君のニッコリと笑った顔。それはとても悪戯《いたずら》っ子のような顔つきをしていた。

「俺達なってみる？　放課後だけの彼氏彼女に」

「はっ……？」

この人、何回私を沸騰《ふっとう》させたら気が済むんだろう？

さらにタチが悪いのは、こういう事を言っておいてなんとも思っていないって事だ。

「だってさ、せんせーと生徒より、彼氏彼女の方が何かこう……やる気出るじゃん？　それにお前、真剣《しんけん》な表情もいーよ。今見てて思った！」

頭から湯気が出てくる勢いで上昇《じょうしょう》する私の体温。

さっき、私の事を見てそんな事を思っていたなんて、思いもしなかった。

さらに赤城君の話は続く。

「それにトンボの地味子って言われているけど、眼鏡外したらかわい……」

ガタンッ!!　っと、聞きたくないあの「あだ名」が聞こえてきて、私は勢いよく席を立った。

だって、耳に届いたのはずっと私を馬鹿《ばか》にしているようにしか聞こえないあの「あだ名」。

赤城君も、やっぱり私の事をそう呼んでいたんだ。

「あっ……か、帰る……」

「えっ？」

「それっ！　宿題!!　家でやってきて！」

それだけを言い残して鞄《かばん》を持ち、走ってこの教室から出て行った。

後ろから私を呼ぶ赤城君の声が聞こえてきた気がしたけれど、でも振《ふ》り返る余裕《よゆう》なんて私にはない。

何を勘違《かんちが》いしそうになっていたんだろう？

少し男の子と二人で放課後に残っていたからって、自分が普通《ふつう》の女の子になれた気がしていたんだ。

クラスの女の子と同じような扱《あつか》いをしてもらってるって、ちょっと期待したらこうだ。

期待すればするほど、私自身が受ける傷は大きい。

そんなこと、わかっているはずなのに。

それに赤城君が私に求めているのは、勉強だ。

勉強が出来るから、私とこうして一緒《いっしょ》に過ごしているだけなんだよ。だって本人も言ってた。

一週間だけでいいからって。

何でも楽しもうとする彼の事だ。この少しの時間だけでも、何か面白い事を見つけようとしていただけ。

それを何を勘違いしていたのか……

思い出すだけでも恥《は》ずかしい……

そんな自分を庇《かば》うために、私は自分にこう言い聞かせる。

「やっぱり私は……勉強さえしていればいいんだよ」

いつの間にか辿《たど》り着いていた靴箱《くつばこ》。

ノロノロとした動作で靴箱から学校指定のローファーを取り出し、上履《うわば》きから履《は》き替《か》えて、いつもより生徒が多い通学路をまた下を向いて帰って行った。

第4話「初めての友達」

「美佑ちゃん、また間違《まちが》えてる」

「あっ……」

「どうした？　今日はいつもより間違いが多いけれど。問題、難しかった？」

「いえ……ごめんなさい」

今日は一週間に三回の家庭教師の先生が来る日。

私の家庭教師は、私が中学生の時からずっとお世話になっている加藤朔《かとうはじめ》さん。

私より六歳年上の二十三歳で、今は物理系大学院で物理学を専攻《せんこう》していて、将来は研究者になるために頑張《がんば》っている人。

なのに、こうして中学の時から変わらず私の家庭教師を引き受けてくれてずっと面倒《めんどう》を見てくれる、私にとっては唯一《ゆいいつ》大丈夫な男の人だ。

「今日はずっと上の空だね。珍《めずら》しい。勉強への集中力なら僕よりも凄《すご》いのに」

「そんなこと……」

こうしていつも私を褒めてくれる、優《やさ》しい優しいお兄さんだ。

「そうか疲《つか》れてる？　二年生に上がったばかりだもんね。クラスの雰囲気《ふんいき》も勉強も変わったから疲れが溜《た》まるころかな？　僕もこの時期はよくなったよ、五月病には」

黒縁眼鏡《くろぶちめがね》の奥にある、男の人にしては大きくて丸い目を細めて柔《やわ》らかい微笑《びしょう》をくれ、いつも私の心理を読み取ろうとしてくれる。

でも、素直《すなお》じゃない私はその優しさに甘える事をあまりしなかった。

「ううん、大丈夫《だいじょうぶ》。ちょっと集中力が乱れただけ。あの……トイレ、行ってきます」

椅子《いす》から立ち上がり、俯《うつむ》き加減のまま部屋を出る私の背中を先生はずっと見ていてくれる。

昔から気遣《きづか》いも出来る加藤先生は、私が落ち込んだ時とかにはいつもお母さんより先に気付いてくれた。

でも、問いただすわけでもなく、「無理して勉強ばかりしなくてもいい」とは言ってくれるのだけれど、肝心《かんじん》のお母さんが毎回今日の勉強の成果はどうだったか？　って聞いてくるもんだから、そんな時間は今まで訪《おとず》れた事はまず無かった。

だからこそ、ずっと勉強ばかり頑張ってこれた。

頑張れば、誰《だれ》にも迷惑《めいわく》をかけないから。

でも、何だろう……今日のこの気分。

今までのようなテストでいい点数を取れなかった事や、体育が上手《うま》くいかなかった事とかそういう事じゃない。

気付けばため息ばかり出ている自分がいる。

凄く嫌《いや》だ。答えが見つからない問題にぶつかった時みたい。

「美佑？ 何してるの？」

洗面所から出てきた私を見つけたお母さんは、エプロン姿でキッチンから顔だけを出した。

「あっ……トイレ」

「そう、あまり加藤先生を待たせちゃ駄目《だめ》よ。時間が勿体《もったい》無いわ」

「はい」

ますます無くなる食欲《しょくよく》に集中力。

なぜ今自分がこんな状態になっているのかは、薄々《うすうす》とはわかっていた。

「だから苦手なのよ、人間関係って……」

階段を一段一段上がりながら呟《つぶや》いた。

親しくない人になら言われても気にならないあの言葉。

でも、少しだけ親近感を持ってしまった人から言われたあの言葉。

……重さが違《ちが》う。

「あだ名」なんて、つい最近まで気にもしなかったのに。

言われて当たり前だし、人に構われるのは負担でしかなかったから何とも思わないようにしていたのに。

赤城君に言われた「トンボの地味子」のあだ名に、強烈《きょうれつ》に反応してしまった。

「恥ずかしい……」

逃《に》げるように帰ってしまったけど、あのままいてもきっと不機嫌《ふきげん》な顔しか出来なかったと思う。

初めてこの「あだ名」で呼ばれた時と同じ反応しか出来なかった。

という事は、私は赤城君にはクラスメイト以上の感情を持ち合わせていたことになるんだ。

「お帰り、美佑ちゃん」

いつの間にか辿り着いていた自分の部屋。

「ごめんなさい。すぐに続き、始めます」

「うん。わかった」

お母さんに言われた、先生を待たせちゃいけないという言いつけを守り、急いで椅子に向かい座った。そんな私を先生は目で追ってくれる。

机の上にはバツばかりの問題集。こんなんじゃ赤城君に偉《えら》そうに数学を教える事なんて出来ない。

「大丈夫？　まだ、休憩《きゅうけい》してもいいよ？　やっぱりあんまり元気がないみたいだから」

「いえ、大丈夫です。あの、もう古典はいいから数学に変えてもいいですか？」

「数学？　美佑ちゃん、得意科目じゃなかったっけ？」

「あの……だけど、たまには復習も……っと思って」

古典の教科書とノートを静かに閉じて、鞄《かばん》の中にしまった。

そして取り出したのは、最初のページにある数学の公式問題。今日、赤城君がほぼバツばっかりだったところだ。

「こんな初歩の問題がやりたいの？　どうした？　数学、どっかで躓《つまず》いた？」

「い、いいえ、違うんです。もう少し、解きやすい方法は無いかな？　って……数学をもっと簡単に解けるためには、どうしたらいいかな？　って」

私の教え方じゃきっと限界がある。

だって自分の狭《せま》い世界でしかずっと勉強してこなかった私だ。

誰かと一緒《いっしょ》に教えあいながら励《はげ》むなんてこと、今まで一度もなかったから、教える事の大先《だいせん》輩《ぱい》である先生のテクニックを少しでも学ぼうと思いついた。

こんな馬鹿《ばか》みたいに真面目《まじめ》なことをしていたら、またあの「あだ名」で呼ばれるかもしれないけれど、約束してしまった以上、あと六日間は赤城君の勉強を見なくてはならない。

ならば、「トンボの地味子」じゃなくて、せめて「せんせー」って呼ばれたい。

「もっと簡単にか……やっぱり躓いているの？　高二の数学ってそんなに難しかったっけ？」

きっと加藤先生のこの言葉、赤城君が聞いていたら「なんて嫌味《いやみ》な奴《やつ》なんだ！」って罵倒《ばとう》するんだろうな。

その姿が簡単に想像出来てしまって、つい笑ってしまった。

それに加藤先生も真面目な人だ。

私以上に高二の数学の初歩問題について一生懸命《いっしょうけんめい》考えてくれた。

「加藤さん、今日もありがとうございました。今日の美佑はどうでしたか？」

先生との勉強の時間のあと、必ず聞くお母さんのこの言葉。先生もよく五年間も嫌な顔一つせず答えてくれるなって感心する。

「今日は久しぶりに数学の復習をしてみたんですよ。ねっ？　美佑ちゃん」

「はい」

「復習って……もう一度復習をしないといけないほどなんですか？」

「いえ、そういうわけではなくて。復習って大事なんですよ、お母さん。知識を身に付けるにはとにかく予習復習っていいますよね？」

「あっ、そうですね……いやだわ、私ったら。この子に限ってそんなはずないですもんね」

「いや、まぁ……」

お母さんのこのプレッシャーにしかならない言葉に、困惑《こんわく》した返答しか出来ない先生にはいつも申し訳なく思う。いやなのはこっちの方だ。

「ほら、美佑も挨拶《あいさつ》なさい」

少し後ろから玄関《げんかん》にいる二人を見ていた私は呼び寄せられ、後頭部を軽く押さえられた。

「先生、ありがとうございました」

「こちらこそ。美佑ちゃんは優秀《ゆうしゅう》だから一緒に勉強していて楽しいですよ。

また木曜日ね」

いつも去るときには必ず何か褒《ほ》め言葉をおいて帰る先生。お母さんもご満悦《まんえつ》なのか、表情がいきいきしてる。

でも、こういうのもやる気に繋《つな》がったりするもんだよね。

今更《いまさら》ながら気付いた。

赤城君にも、通じたりするのかな？　私なんかの褒め言葉でも。

「先生、さようなら」

「うん。さようなら」

こうして今日の家庭教師の時間は終わった。今日のは正直、私にとっては何の蓄積《ちくせき》にもならない勉強だった。

でも、誰かのために頑張《がんば》って何かを覚えようと思ったのは……随分《ずいぶん》と久しぶりだった。

それが凄《すご》く、楽しかったんだ。

「ご飯食べちゃいましょう」

「うん」

どこかスッとして胸の奥底にあったモヤモヤした気持ちはなくなった。

数学の教え方の解決策を見つけられて、胸も頭もクリアになった気がする。

今なら食事も取れそうだ。といっても、食は細いからあまり食べられないんだけど。

「ご馳走《ちそう》さま」

「お風呂《ふろ》に入ってからのお勉強も忘れちゃ駄目よ。復習が終わっているのなら予習しちゃいなさい」

「はい」

やっぱり言われてしまった。

お風呂から上がったら赤城君用に余っているノートで問題集を作ってあげようと思ったのに。

残念だけど、問題集作りはまた明日《あした》だ。

「でも、問題集なんか作っちゃったら嫌《いや》がらせって思われちゃうかな？」

今日、たった二ページだけしかやっていないのに、すでに降参気味だった赤城君。

これ以上問題集なんか見せてしまったら、今度は赤城君が沸騰《ふっとう》してしまうのかもしれない。

とりあえず、今日出した宿題を見てからだな……

そんな「せんせー」気分を気取りながら、お風呂へと向かった。

そして、次の日の朝。

いつものように早めに家を出てバスに乗り、昨日は読み損《そこ》ねた恋愛《れんあい》小説の続きをバスの中で読んでいた。

つい衝動《しょうどう》で買ってしまった新作の恋愛小説。幼馴染《おさななじ》みの男女二人の可愛《かわい》らしいコメディータッチのお話だ。

私は基本、恋愛小説は楽しそうで可愛らしいお話を読む傾向《けいこう》にある。

自分自身が暗い性格のせいか、「こうありたい自分」を小説の中のヒロインに求めてしまっているんだと、自分でも自覚している。

だから、いつも楽しい恋愛をしているヒロインの女の子を目にすると私も満たされた気分になるんだ。

バスに揺《ゆ》られながら、参考書以外の本に赤いブックカバーをつけて気分を上げて読書をする。

そんな気分転換《てんかん》の時間はあっという間に過ぎて、学校の最寄《もよ》りのバス停に到着《とうちゃく》した。

今日も一日、あの学校での生活が始まる。

いつもならため息しか出てこないのに、少しだけ放課後が楽しみなのはやっぱり赤城君のおかげなのかな？

下を向いて小説を読んでいたからズレた眼鏡《めがね》をかけ直し、バス停から降りて徒歩で五分ほどの学校までの道のりを歩く。

歩きながら朝の澄《す》んだ空気を体内に取り込み、恋愛でいっぱいになった頭をクリアして今度は勉強にチェンジだ。

今日も、勉強も頑張らなくちゃ。

特に今日は家庭教師の加藤先生が来ない日だから、自分でちゃんとスケジュールを作って励まなければならない。

とりあえず、いつもの教室に行ってまずは……

「あっ！　来た!!」

今日の段取りを頭の中で整えていると、数メートル離《はな》れたところから最近聞きなれた声が勢いよく耳に飛び込んできた。と、同時に駆け寄ってくる足音。

風のように現れたその長身の男の子は……

「あ、赤城君……!?」

「よかったー。間に合った！」

制服姿じゃない、Tシャツとハーフパンツ姿の赤城君だった。

首にはタオルをかけていて、少し汗《あせ》ばんだTシャツは胸元《むなもと》に張り付いていて薄《うっす》らと肌《はだ》が透《す》けて見えている。

……朝から、私ったらどこを見ているんだろう。でも、しょうがないんだ。

赤城君は背が高いからちょうど私の視線が胸の辺りに定まってしまう。

視線をどこにやっていいかわからず、やっぱり私は下を向いてしまった。

「マジで間に合ってよかったー！　今、部活の休憩中《きゅうけい》なんだよ。あと三分くらいでまた体育館に戻《もど》らなくちゃいけねーんだけど」

「ぶ、部活？」

「そー部活」

「ぶ、部活出来ないん……じゃ……」

「あー、佐々木にな、放課後は勉強頑張るから朝練だけでも出させてくれって頼《たの》み込んだんだよ。んで、ＯＫもらった！」

そうなんだ。だからこんな時間にこんな服装で、しかも汗も掻《か》いているんだ。

「……って！　俺の話はどうでもいいんだよ！」

自分で自分につっこんでいる赤城君。

そんな彼のペースについていかれないでいると、両肩《りょうかた》をその大きな手で摑《つか》まれてしまった。

「ひぃっ！」

「ちょ、そんなビビんなって。また逃《に》げられないように捕《つか》まえているだけだから」

まるで変質者に襲《おそ》われているかのような声を出してしまった私。

ここがまだ人気《ひとけ》の少ない二年の靴箱《くつばこ》の前でよかった。

他《ほか》の人から見たら、確実に赤城君が悪者になっていたところだ。

「な、なな、な、何⁇」

とにかく早くこの手を離してほしい。

そして覗《のぞ》き込むように私の顔を見るのを止《や》めてほしい。

恥《は》ずかしさの限界に達した私は喋《しゃべ》りながら目を瞑《つぶ》るという手段に出た。

「昨日はごめん！」

「……はっ？　へっ⁇」

薄らと目を開けると、目の前にはまるで大型犬がご主人様に怒《おこ》られてしょぼくれているような顔をしている赤城君がいる。

本当に犬みたい。頭からは垂れた耳が見えてきちゃいそう。

「あの……嫌なこと、言っちゃったから。俺」

「い、嫌なことって……」

「その……あの『あだ名』のこと」

ズキッと、胸に鈍《にぶ》い痛みが一つ疼《うず》いた。

赤城君に言われると、どうしてこうもショックを受けるんだろう。

「お前が逃げるように帰ってから、気付いてさ。誰《だれ》だってあんな『あだ名』付けられたら嫌だよなって。しかも本人に言っちまうし。俺、最低だーっ！　って思って」

困惑《こんわく》している赤城君の顔と同様に私の顔もきっと崩《くず》れていると思う。

謝られているの？　私。

……あの「あだ名」のことで⁇

「俺さ、思った事とかした い事とかは後先考えずに何でも言っちゃったりやっちまうところがあるんだよ。それで後から気付くってパターンばっかりで、今までも後悔《こうかい》した事がたくさんあってさ。だから、昨日もお前が逃げちまったあとにそれに気付いて……本当、悪かった!」

勢いよく下げられた頭に思わず瞬《まばた》きをしてしまう。

「あだ名」を言った事で謝られたのは、これが初めてだ。

だってみんな当たり前のように私のことをそう呼んでいたし、名字で呼ばれたことも……

そういえば、赤城君はずっと名字で呼んでくれていた。

そう考えたら、昨日言ってしまったことは今、本人が言ったとおり「つい」言ってしまったことなんだろう。

それに元はといえば、私が勝手に勘違《かんちが》いして暴走しちゃっただけだ。

少し落ち着いた私の様子を見て逃げないと安心したのか、赤城君は私の肩《かた》からその大きな手を離した。

「俺さ、思ってねーからな。お前が『地味』とか『暗い』とか」

「へっ?」

「柏木はさ。少し感情表現を表に出すのが人より苦手なだけだろ? 昨日、一昨日《おととい》のお前見て思った。だってちゃんと笑えるもんな。俺のこと見て何度も笑ったじゃん」

赤城君はズルイ。

そんな風に言われたら、今まで赤城君を見て笑った私をなかったことには出来ない。

「つまり俺は何が言いたいかというと……」

その時、さっき赤城君が立っていた場所から彼の声が一瞬《いっしゅん》でかき消されるほどの大きなホイッスルの音が聞こえてきた。それと同時に女の子の大声も。

「あーかーぎーっ!! いつまでほっつき歩いてるのよ!!」

「げっ! もう時間切れ!?」

ホイッスルを鳴らし、赤城君の名前を叫《さけ》んでいるのは、昨日もこの靴箱の前でバスケ部の集団と一緒《いっしょ》にいたマネージャーの五十嵐さんだった。

「まぁーだ練習メニューは残ってんのよー!! 置いてけぼりくらっても知らないから!!」

美人なのに、気取らずあんな大声も出せる。しかも男子相手に。

私が一つも持っていないものを全《すべ》て持っている人だな。

そんな風に眩《まぶ》しい存在として、彼女の事をずっと見ていた。

「わーかってるって! すぐに行くから、玲《れい》は先に戻ってろ!」

……玲?

玲って五十嵐さんの名前だよね、確か。

赤城君……五十嵐さんのこと、名前で呼んでいるんだ。

ちくん、ちくん。

そんな突《つ》き刺《さ》さるような痛みが胸に襲い掛《か》かる。

こんな感情、生まれて初めてだ。

「柏木、呼び止めておいて悪い。もう、戻らなきゃ」

赤城君の声で現実に戻された私。

顔を見られないように首を何度も上下に振《ふ》った。

「……じゃ、あ」

何とか振り絞《しぼ》った声を出してその場から離れようとすると、赤城君が私の手首を握《にぎ》り締《し》めた。

「ひゃあぁっ！」

「だからそんな声出すなって」

「あははっ！」っと笑いながら私の手首を握り締めたままの赤城君は、さっきまでの怒られた犬のような顔つきではなくなっていて、いつもの太陽みたいな晴れやかな顔つきに戻っている。

どこまでも屈託《くったく》のない笑顔《えがお》には、つい視線を逸《そ》らしてしまう。

「今日も放課後、よろしくな！」

「あっ……う、うん」

「宿題、ばっちり頑張《がんば》ってきたから」

「そ、そうなの？」

「今度こそ赤バツばっかりじゃなくて、赤マルだらけだからな！」

それは多分無理だよ。

昨日の今日ですぐに点数が上がるなら、みんな苦労はしないもん。

「じゃっ！　行って来る！」

私の手首から離《はな》れたその大きくてあったかい手は離れた途端《とたん》、風を残していなくなった。

「赤城君、足、速ーい……」

あっという間に先に行っていた五十嵐さんに追いついた赤城君は、彼女の背中を軽く叩《たた》いていた。

それに反応して、仕返しのように赤城君の背中を叩く五十嵐さん。

二人共、笑っている……凄《すご》く楽しそうに。

また、ちくん、ちくんって胸が痛む。

見たくないものを見てしまったという行き場のない気持ちが、歯を食いしばる行為《こうい》に変わる。

「……やだ、変な気持ち」

微《かす》かに聞こえるのは二人が騒《さわ》いでいる楽しそうな笑い声。

聞かない振りをして、私は急いで自分の靴箱へと走って行った。

それからずっとモヤモヤしていた。

ＨＲが始まるから仕方なく教室に入ると、視界に入ってくるのは赤城君の姿。

そして、目で追ってしまうのは五十嵐さん。

また二人でいるんじゃないか？　って気になってしまって、無意識に見てしまっている。

別に二人が仲良くするなんて当たり前のことなのに。

同じクラスで同じ部活。

しかも二人とも明るい性格だから、仲が悪いほうが考えられない。

そんな事、普通《ふつう》の事なのに。気にしてしまう私がおかしいんだ。

「はぁ……」いつも以上に今、暗いオーラが自分を覆《おお》っていると思う。

本当、私ってとことん暗い奴《やつ》だって改めて自覚する。

そんな時、珍《めずら》しく私の前に女子の制服のブラウスが見えた。顔を上げると、その人はさっきまで視線で追いかけていた五十嵐さんだった。

「柏木さん、赤城に数学教えてるって本当？」

女子の中では背が高い方の五十嵐さんは首を傾《かし》げて私を見ている。

少し上に向けた私の視線は、その綺麗《きれい》な中にも可愛《かわい》らしさを魅《み》せる五十嵐さんの魅力《みりょく》についつい見入ってしまった。

「柏木さん？」

顔をしかめて不思議そうな顔をした五十嵐さんが私の名前を呼ぶ。

私は慌《あわ》てて意識を戻《もど》し、問いかけに答えた。

「う、うん。そう……何で、知ってるの？」

「あー、さっき赤城から直接聞いたから」

さっき……二人で喋《しゃべ》っていたのを見られた時だ。これ、もしかして漫画《まんが》や小説でよく見る、

「赤城にこれ以上近寄らないで！」

とか言われてしまうパターンなんだろうか？

こんなみんながいる教室の黒板のまん前で？　そんな事を言われたら、私はどうあがいても返す言葉もないし勇気もない。

何かを言われるかもしれない、そんな恐怖《きょうふ》がじわじわと胸に募《つの》ってきた頃《ころ》に五十嵐さんの明るい声が聞こえてきた。

「アイツ、飲み込み悪いから大変でしょ？」

「……えっ？」

恐《おそ》る恐る五十嵐さんと目を合わせると、眉《まゆ》はへの字になっていて口もとは笑っていた。

その顔は「申し訳ない」と言葉の代わりに表情に出ていた。

「私らバスケ部の中で誰《だれ》か頭のいい奴がいればよかったんだけど、みんなバスケ馬鹿《ばか》ばっかだから勉強全然出来ないのよ」

「私も含《ふく》めて」っと、舌をペロッと出すその仕草。美少女にしか出来ない仕草だと思った。

「バスケ部の問題なのに巻き込んじゃってゴメンね」

両手を合わせて謝罪のポーズまでしてくれる。その行動にただ呆気《あっけ》に取られた。

「あ、の……怒《おこ》ってないの？」

「へっ？　何に？」

「……何でもない」

また、一人で暴走して勘違いをしていたみたいだ。

五十嵐さんは私に言いがかりをつけに来たんじゃない。

ただ、「バスケ部の事なのに柏木さんを巻き込んでごめん」っと言いに来てくれただけなんだ。

それは赤城君とはただのマネージャーと部員の関係を示す事になる。

ソレを自覚したら、心底安心する私がいた。かなり単純だ、私。

「あの、大丈夫《だいじょうぶ》だから……私もいい復習の機会にもなるし……」

オドオドしながらも、何とか自分の意見も言ってみる。だって嘘《うそ》じゃないから。

「えっ？　本当？　無理してない⁉」

私の言葉を聞くと一瞬《いっしゅん》で美人がくしゃっと歪《ゆが》んだ顔になった。

あっ、やっぱり二人で勉強だなんてあまりよく思われていないのかな……

速まる心臓の鼓動《こどう》に冷や汗《あせ》が出そうになる。

「アイツの無駄《むだ》話ばっかりに付き合わされていない？　もし迷惑《めいわく》なら言ってね。私がちゃんと柏木さんの代わりに文句を言ってやるから！　元はといえば、勉強しなかったアイツが悪いんだから」

鼻息荒《あら》く腰《こし》に手をかけ、私の味方だと主張してくれる五十嵐さんは、本当に頼《たの》もしい人に思えた。あまりにも外見とのギャップにクスッと笑ってしまった。

「あっ、笑った」

「えっ……」

「柏木さん、いいじゃん。もっと笑ったらいいのに」

美人さんにいいじゃんと言われてしまった。

何だろう。赤城君に言われた時とはまた違《ちが》ったくすぐった感がある。

「うぇ……っと、あ、あの、私……も、もう席に……」

「あぁ、そうだね。ゴメンね、引き止めて。でも何かあったらすぐに知らせてね。バスケ部の問題でもあるから私にでも佐々木先生にでも」

「うん……ありがとう」

そう言うと、最後には極上《ごくじょう》の笑顔を残して私から離れていった五十嵐さんは、お友達二人の輪に戻って行った。

あんな美人さんと初めて会話をしてしまった。今、凄く興奮してる。

凄いな、五十嵐さん。女子力めちゃくちゃ高いんだろうな。

何かもう輝《かがや》きが違うもん。

きっと、バスケ部でも人気あるんだろうな……

赤城君も五十嵐さんのこと、好きだったりするのかな？

あぁ、まただ。

ちくん、ちくん、ちくんって、この喩《たと》えようがない痛み。

赤城君と五十嵐さんの二人の事を考えるだけで、落ちるところまで落ちるこの気持ち。

この気持ちはいつも読んでいる恋愛《れんあい》小説でよく目にする感情だ。

これが錯覚《さっかく》でなければ、私は赤城君の事を……

いつも以上にゆったりとした動作で席に着く。すると、隣《となり》の席からは珍しく私を見る興味深い女子の目。

「何か今日の地味子、いつも以上に暗くない？」

「マジで？　やなんだけど～。私、前の席なのに。こっちまでテンション下がる！」

彼女達には聞こえていないつもりでも、嫌《いや》な言葉というものほど敏感《びんかん》に耳に入ってくるもの。

私は彼女達に気づかれないように下を向き、誰にも聞こえないように小さな小さなため息をついた。

そしてその日の放課後、私はいつものようにクラスに最後まで残り日誌を書く。

だんだんと人がいなくなっていくクラスを見つめ、これから誰にも知られず過ごす赤城君と二人きり、教室で数学の勉強のことを考える。

赤城君はこんな私といても本当に楽しいのかな？

所詮《しょせん》、地味子は地味子だ。

こんな私より、五十嵐さんに教わったほうがいいんじゃないかってずっと考えていた。

昨日、加藤先生に教えてもらった数学が苦手な人でもわかりやすい勉強の方法。

それを五十嵐さんに教えて、赤城君は五十嵐さんに数学を教えてもらい、私はまた以前のようにこのクラスで一人放課後に残り、気が済むまで恋愛小説の世界に一人でのめり込む。

それが私には合っているんじゃないのだろうか？　って。

クラスの半数の人がいなくなった時、日誌の日付を書いたまま止まっているシャーペンの先を見ながらそんな事を考えていた。

すると、斜《なな》め後ろから後頭部をコツンと叩《たた》かれた。

恐る恐る後ろを振《ふ》り返ると、私のすぐ後ろに立っている赤城君の姿があった。

「先に行ってるな」

限りなく口パクに近い声だけれど、私と喋っているなんて知られたら赤城君が変な風に思われてしまう。

私は急いで周囲を見渡《みわた》して誰も気付いていない事がわかると、少しだけ首を縦に振った。

そんな私の様子が可笑《おか》しかったのか、肩《かた》を震《ふる》わせながら赤城君は教室を出て行く。

……笑われちゃった。

私のことで笑ってくれる赤城君の笑顔《えがお》を見て、この胸が高鳴りを感じたのはこの時が初めてだった。

……熱い。頬《ほ》っぺたが。

シャーペンを握《にぎ》る手も、じんわりと汗が滲《にじ》み出てくる。

早く書いて教室に行きたいという気持ちが、焦《あせ》る文字の汚《きたな》さでわかる。

あぁ、もう、楽しみにしているのは私なんじゃないか。

赤城君が私と一緒《いっしょ》にいるのを楽しんでくれているのか不安になるのは、私が彼といる時間が楽しいから、同じ気持ちでいてほしいからなんじゃないかって、今の彼を見て確信してしまった。

昨日、少しの時間を一緒に過ごしただけなのに。

私は今まで一人でしか過ごした事がなかったから、誰かといることがこんなに楽しいって感じたことがない。

だから、ほんの少しの時間でもこうして笑い合えることをとても幸せに感じるんだ。

毎日書く日誌を、少しばかり乱雑な字で一日の事を書き綴《つづ》る。

だって日誌なんてまだまだこれから先、卒業するまで書き続けられるけれど、赤城君との時間はあと六日間。それも放課後だけ。

少しでも長く一緒にいたいから、今日はもう自分の勉強もしない。

恋愛小説のページを開く事もない。

開くのは、赤城君専用の問題を作るノート。

それに手に持つのは採点用の赤いペン。

きっと顔を見れば緊張《きんちょう》しちゃってロクに話も出来ないんだろうけれど。

……少しだけ、私も青春ってやつを経験出来るかもしれない。

ほんの少しだけ期待をして、日誌を閉じて昨日とは正反対の早歩きで私は赤城君が待つ教室へと向かった。

第5話「初めての恋」

「……ふう」

少しの深呼吸をして、赤城君が待っている教室の扉《とびら》の前で立っていた。

この扉を開けたら、また二人っきりで勉強会。

赤城君はふざけて個人授業とか言っていたけれど、でも私が「先生」として勉強を教える時間が始まる。

「よ、よし。開け……」

その時、私の手より先に開いた扉。驚《おどろ》きすぎて後ろに思いっきり仰《の》け反《ぞ》ってしまった。

「うっ！　ひゃあぁ！」

「うはっ！　でけー声！　いつまでこんな所で突《つ》っ立って何してんだよ。早く入ったらいいのに」

満面の笑みで出迎《でむか》えてくれたのは赤城君だ。

私一人に向けられたその笑顔に、否応《いやおう》なしに心臓の鼓動《こどう》が激しくなる。

「お、おおお驚いた……よ。赤城君……」

「マジで？　ゴメンな。ほら鞄《かばん》、貸せよ」

そう言われて持ってくれたのは私の鞄。それを机まで持って行ってくれた。

……初めて男子に荷物を持ってもらった。

私の普段《ふだん》からはあり得ない出来事に、手ぶらになった手で改めて実感する。

こういうこと、クラスの女子は男子にいつもやってもらっているんだろうか？

……ぶっちゃけ羨《うらや》ましい。

いや、赤城君にしてもらったから羨ましいと感じるのかな？

「いい加減入れば？」

「あっ！　う、うん」

いつまで立ってんだ？　みたいな不思議な顔で見られてしまった。

私は静かに扉を閉めて、極力足音を立てずにいつもの自分の机と椅子《いす》まで急ぎ足で向かった。

持って来てもらっていた鞄を足元に置き、椅子に座る。

その真向かいには赤城君がすでに座っている。

うぅ……何度経験しても、真正面から見られるのは恥《は》ずかしさが先に襲《おそ》ってくる。

そんな私のことはやっぱり放置の彼は、自分のペースで部活鞄の中を探《さぐ》ったあと、あのノートを私に差し出した。

「はい、宿題ー。ちゃんとやってきたぜ」

「……確認《かくにん》します」

昨日私が書き上げた問題が載《の》っているノート。

まだ新品そのもののノートには、昨日つけた赤バツばかりだ。その次のページには公式や数字で埋め尽《つ》くされたページがある。

「本当にちゃんとやってきたんだね」

「おい、どういう意味だよ」

「ご、ごめん！」

つい出てしまった本音。

赤城君はわざとらしい拗《す》ねた顔をしていた。

その顔を見て口もとを緩《ゆる》めながらやってきた宿題を目で追っていく。そして採点。

「うーん、やっぱり惜《お》しいなぁ。計算は間違《まちが》っていないのに、使う公式さえ間違わなかったらすぐに出来るようにはなるかな？」

ブツブツと独り言の私の意見にキラキラとした瞳《ひとみ》で覗《のぞ》き込んでくる赤城君。

その姿を直視するのは心臓に悪い。

私は見ない振りをして、ノートに赤バツを書き込んでいく。

そして気持ちを落ち着けたころ、ページの最後にある文字を見つけた。

ふるふると震える赤ペンの先でその文字を指し、そして赤城君に「もしかして」の思いで問いただしてみた。

「あ、あの、あの、コレもしか、して……」

「んっ？　あぁ、これ俺のケータイ番号とメルアド。あと、LINEのIDな。登録しといてー」

あっけらかんと教えてくれたのは、赤城君の連絡先《れんらく》だった。

せっかく落ち着けた気持ちは胸から飛び出しそうなくらい躍《おど》っている。

連絡先、知っちゃった！

「い、いいの？」

「はっ？　何が？」

「だ、だって、私なんかに連絡先……」

「なんだそれー。俺達もう友達じゃん。これくらい当たり前だろー？」

首を傾《かし》げて屈託《くったく》のない笑顔を私に向けてくれるのは、友好の意味なんだと思う。友達……こんな私でも、友達って思ってくれるんだ。

むずがゆい気持ちとこれ以上ないってくらいの嬉《うれ》しい気持ちが我慢《がまん》出来なくて、それが表情と言葉になって出てきた。

「……ありがとう。嬉しい」

初めて人に対して素直《すなお》に言えたのかもしれない。

きっとそれほど嬉しかったんだと思う。

赤城君に「友達」として認められたことが。

「……」

「赤城君？」

そんな私をジッと見つめる赤城君は、教室の窓から差し込んでくる夕日のせいだろうか、顔が橙色《だいだいいろ》にも赤色にもどちらの色にも見えた。

それとも私の眼鏡《めがね》の度数が合わなくなってきているのかな？

赤城君が照れたような瞳をしているのは気のせいだろうか。

そして頬《ほお》を人差し指で数回掻《か》くと、

「うん……まぁ、喜んでもらえてよかった」

って珍《めずら》しく小さな声で呟《つぶや》いていた。

だけど、友達になれたとしても勉強はまた別の問題だ。

間違った問題には容赦《ようしゃ》なくバツを付けさせてもらう。

「うひゃー！　バツばっか！　終わってんな、俺」

ゲラゲラと呑気《のんき》に笑う赤城君。

自分が今窮地《きゅうち》に追い込まれていることを理解しているんだろうか？

私は窺《うかが》うように赤城君を眼鏡越《ご》しに見つめる。

「あの、赤城君？」

「わかってるって。マジでちゃんとする。玲にも言われて来たんだよ。柏木さんにあまり迷惑《めいわく》かけるなって」

両手を顔の横に上げてお手上げのポーズ。

でも、そんなひょうきんな赤城君とは違《ちが》い、私は五十嵐さんの名前が出た事にドキッとしてしまった。

一人で意識しまくりだ、私。

二人は何にもないってわかったんだから、気にしちゃ駄目《だめ》だ。

息を呑《の》んで、また勉強を再開。昨日、せっかくわかりやすい数学の解き方を加藤先生に教えてもらったんだ。ちゃんと実践《じっせん》しなきゃ。

元々は真面目《まじめ》で努力家だと思う赤城君。

私が一生懸命《いっしょうけんめい》に解き方の説明をすると、真剣《しんけん》に聞いてくれる。

すぐに理解するにはまだまだ時間がかかりそうだけれど、きっと要領さえ摑《つか》めば佐々木先生が出すテストにもきっと合格は出来そう。

そんな希望を持てるくらいの理解力は持っていると思う。じゃなきゃ、佐々木先生も赤城君にこんな無理難題を言い渡《わた》すはずがないだろうし。

それを勉強が終わった本人にたどたどしくも伝えると、目を真ん丸くさせて喜びに満ち溢《あふ》れた表情をしていた。

そして机の上にある私の両手をその大きな手でしっかりと握《にぎ》られる。

「マジか⁉ こんな俺でもどうにかなりそぅ⁉ マジで佐々木のテストで合格点取れると思ぅ⁇」

「う……ひゃぁ……あ、赤城君……手、手ぇ……」

私の両手なんかすっぽりと収めちゃぅその大きな手に視線が集中する。

私の手からは赤ペンがポロッと落ち、ノートの上にパタッと情けない音をたてて落ちた。

「あーっ！ マジで柏木、神様！ いや、女神様《めがみ》だわ！ お前に勉強、教えてもらえてよかったぁ‼」

次は上下にブンブンと振《ふ》り回される私の両手は、まるで熱心な選挙活動をしている人と熱い握手《あくしゅ》をしているみたいだ。

その両手を見つめながら、震《ふる》える口もとで私はこれまた情けない先生っぷりを見せる事になる。

「で、でも、ちゃんと一週間みっちりしないと、だ、駄目だからね」

「わかってる、わかってるって」

本当にわかってるのか怪《あや》しいけれど、赤城君はどこかホッとした顔をしていた。

それから何とか解放してもらった手で今度はシャーペンを持ち、今日教えた数学を二ページ分、問題を書き綴《つづ》って今日の分の宿題を仕上げる。

さっき、握り締《し》められたせいで私の手は震えが収まらず、今日ばかりはいつも以上に震えた汚《きたな》い字になってしまった。

それでもノートに書き続ける私を見る赤城君。静かに見ていた彼は口を開き、私にこう問いかける。

「柏木ってさ。いつも何時くらいまで教室に残ってんの？」

「えっ？　五時とか……その日によって違う」

「ふうーん」

両腕《りょううで》を机の上に組んでそこに顎《あご》を乗せる姿勢はクセなのかな？

教室でもここでも、この姿勢の赤城君はよく見かける。そしてそのまま話は続いた。

「五時まで勉強ばっかしてんの？」

「……」

その言葉に返事が詰《つ》まった。

だって、本当は恋愛《れんあい》小説を読んでいるんだ。

もし、本当の事を言ってしまったら「らしくない」って笑われるかな？

どう言おうか悩《なや》んでいた時、赤城君がまだ話を続けてくれた。

「そんな時間までずっと教室？　門限とかあんの？」

「門限は……六時。その時間になると家庭教師の先生が来るから」

「えっ？　家庭教師⁉　家にまで先生呼んでんの？」

赤城君、眉間《みけん》に皺《しわ》が凄《すご》い。信じられないって顔。面白《おもしろ》い顔に笑《え》みが零《こぼ》れた。

「しかも六時とか何にも出来ねーじゃん。どっか遊びに行ったり、食って帰ったりとか」

「あっ、私、友達いないからそういうことした事ないし」

「あっ……」

自分でも「あっ」って気がついた。

今、凄く寂《さび》しい生活を自ら暴露《ばくろ》してしまった。

放課後は勉強して門限は六時。

しかも家に帰れば家庭教師と勉強で、友達もいないから遊びにも行かない。

なんて魅力《みりょく》のない女子高生なんだろう。きっと面白くない奴《やつ》って思われた。

赤城君も複雑そうな顔をしているだろうと思い、恐《おそ》る恐るシャーペンを置いて彼の顔を見てみると、そこには想像もつかない顔をした彼がいた。

目と目が合うとニコッと輝《かがや》かしい笑顔をしてくれて、また心臓が飛び跳《は》ねた。

「じゃあさ、次の土曜日か日曜日！　どっか遊びに行こうぜ！」

「……へっ？」

「勉強見てもらってるお礼！　どっか連れてってやるよ。もち、俺の全奢《おご》りで！」

私、夢を見てるんじゃないかって思う。

私みたいな子を連れて歩くなんて、面白くも何ともないし、何より誘《さそ》われた事自体があり得ない話。

「あっ！　もしかして毎日家庭教師？」

「ち、違う。家庭教師は月曜と火曜と木曜日」

「だったら行けるよな？　ちょうどいいや。何かお礼しなきゃなーって思ってたし」

お礼かぁ。義理堅《ぎりがた》いな、赤城君。

でも、ちょっとホッとしたような残念なような……複雑な気持ちだ。

「まー、そうは言っても朝練は出たいから昼からでもいい？　どっか飯食いに行く？」

赤城君から伝わってくる言葉一つ一つに心臓がそのたびに反応する。

赤城君にとっては普段《ふだん》友達と交《か》わしている言葉なんだろうけれど、私にとってはいつも妄想《もうそう》の中でしかなかった会話だ。

「んっ？　都合悪い？　外で飯食うの嫌《いや》か？」

上目遣《うわめづか》いで私の様子を窺う彼の目に、慌《あわ》てて反応する私。首を勢いよく左右に振る。

「そ、そんなことない！　大丈夫《だいじょうぶ》！　外でご飯も大丈夫！」

「ははっ。よかったー。んじゃ、どっか食いに行きたいトコある？　女子が行きたい店なんてわかんねーんだよ、俺」

今、物凄《ものすご》く安心した。

行きたいお店がわからないなんて、赤城君ってば女の子とあんまり出かけた事ないってこと?

そんな嬉《うれ》しい事実がわかったのに、私が行ってみたいお店。

それはあのお店だった。

言ったら引かれるかな? でも、人生で一回でいいから行ってみたい。

きっとこの機会を逃《のが》したら、一人じゃとてもじゃないけれど行けそうにないから。

「まぁ、考えといてくれたらいーけど」

「ぎゅ、牛丼《ぎゅうどん》」

「へっ?」

「牛丼屋さん……行ってみたいの。私」

ぽかーん……と大きく開いた赤城君の口。

物凄く間抜《まぬ》けだ。いや、でもこんな事を言った私の方が間抜け?

でも、赤城君が行きたいところに行こうって言ってくれたから。

「ぶっ!! マジで!? そんなんでいーの? 柏木、オモシレー!!」

顔をくしゃくしゃにして笑われてしまった。

あぁ……やっぱり言わないほうがよかった??

「何で？　何で牛丼なんだよー」

笑いながら質問されてしまった。

もうこんなに笑われたのなら、開き直りも出来そうなくらいだ。そんなに変なのかな？　私が牛丼を食べたくなるのが。

「今まで行ったことなくって……コーヒーショップとかハンバーガーとかは一人でも入れるけど、さすがに牛丼は……」

「あっはは！　確かに女子高生が一人で入るところじゃねーよな！」

さらに笑う赤城君の声は教室中に響《ひび》いている。

心底可笑《おか》しそうに声を上げている姿に私もとうとう笑ってしまった。

「も、もう笑わないでよー。一人じゃ行けないところって結構あるんだからっ！

牛丼屋さんもそうだけど、ゲームセンターとかカラオケとか、あ、あとボウリングも。それに……」

指を折って数える私を、赤城君は黙《だま》ってニコニコしながら見てくれている。そして、私の人差し指と中指をその長い指先で摘《つま》んだ。

「んじゃ、まずは牛丼屋とゲームセンターだなー。カラオケとボウリングは次、遊びに行く時っつーことで。いい？」

「へっ、次……？」

「そー、次。それにカラオケやボウリングは大人数の方が楽しいから。バスケ部の奴らも呼ぶからさ、みんなで行こうぜ」

私が折り曲げた指全部を開いてパーの状態にし、次の約束をしてくれる。

次……また、遊んでくれるっていうこと？

この勉強のお礼だとばかり思っていたから、次があるなんて思ってもいなかった。

「いいの？　私なんかと一緒《いっしょ》に……」

つい呟《つぶや》いてしまった言葉。赤城君はどこまでも笑って応《こた》えてくれる。

「当たり前ー。誰《だれ》のおかげで俺がちゃんと勉強出来てんのかバスケ部の奴らにもわかってもらわなきゃな。それに、ウチ彼女持ち多いんだよ。みんな遊ぶ時、彼女連れてくるからちょっと羨《うらや》ましかったんだよなー」

「彼女」というキーワードに頭が爆発《ばくはつ》しそうだ。

自分は「彼女」扱《あつか》いしてもらえるのかという期待と、いやいやさっき「友達」って言ってもらったばかりじゃないっと冷静に諭《さと》す自分が脳内で戦っている。

そんな事を私が考えているなんて知る由《よし》もない赤城君は、いつものペースで二人で遊ぶ日を確認《かくにん》してきた。

『土曜日の13時にA駅の西口で待ち合わせ』

ノートの切れ端《はし》に赤城君が書いてくれた連絡《れんらく》先の下には、新しい書き込みが加わった。

家に帰り、ペンケースに大事にしまって持って帰って来た、四つ折りにたたんだ紙を広げた。

そこには赤城君の連絡先と土曜日の約束が記されている。

「わー……男の子のアドレスなんて初めて手に入れちゃった……」

右手に大切に持って、左手で携帯電話《けいたいでんわ》を操作する。

せっかくＬＩＮＥのＩＤってやつを教えてもらったけれど、生憎《あいにく》と私は二つ折りのガラケーだ。

なぜまだガラケーかというと、お母さんが「携帯電話なんて居場所の確認の連絡さえ出来ればいい」って言ってこれしか持つのを許してもらえなかったから。

なぜか赤城君は「珍《めずら》しい!!」って感動していたけれど。

「えっと……電話番号は……」

大切に、間違《まちが》えないように赤城君の連絡先を慣れない操作をしながら打ち込んでいく。

勉強机に向かってこんな操作をしたのなんていつ振《ぶ》りだろう？

でも、今、初めて男の子の友達にメールをしようとしている自分がここに座っている。

「えっと、メールアドレスを登録して……これでいいかな？」

作成したのは自分の電話番号とフルネームの名前。もうその勢いのまま送信をした。

「ふーーっ……終わった……」

慣れない作業ほど疲《つか》れるものはない。

送信された事を確認すると、制服から部屋着に着替《きが》えるために椅子《いす》から立ち上がった。

クローゼットの中からTシャツとデニムを取り出して、ハンガーに制服をかけていく。

今日はなんだか汗《あせ》を掻《か》くことが本当に多い一日だった。

着替えて椅子に座り、今日の予習復習を始める。

ノートと教科書、そして自分で購入《こうにゅう》した参考書や問題集。今日もやる事はいっぱい。

二年生になってから、本格的に私の進学先を考え始めているお母さんは、自分が卒業した名門私立の大学に進学させたいって以前、夕飯の時に言っていた。

私もどうせ挑戦《ちょうせん》するのであれば自分の限界まで頑張《がんば》ってみて、お母さんを喜ばせてあげたい。

だから、今日も机に向かい勉強に励《はげ》もうとするけれど……

どうも集中できない。

今だっていつもなら気にもならない携帯《けいたい》を気にしている自分がいる。

いつ鳴るかな？

ちゃんと返事は来るのかな？

その前に私、アドレス登録を間違えていないよね？

もし、間違えて違《ちが》う人に送っていたらどうしよう!?

そんな不安がぐるぐると頭の中で回っている。

シャーペンの芯《しん》を出していた指先を止めて、机の隅《すみ》っこに置いていた携帯電話に手を伸《の》ばした。パコッと開いて送信先をチェック。

「はぁ……よかった。間違えていない」

一安心したのも束《つか》の間。普段は滅多《めった》に鳴らない携帯のメールの受信音に、それは盛大に驚《おどろ》いてしまった。

「はっ!!　お、驚いた……メ、メール」

送信者はもちろんさっき送った赤城君だった。

早い返信に心の準備が出来ていなくて、心臓がばくんばくんって鳴っている。

せっかく着替えたのに、また汗も掻いてしまった。

そして赤城君からの返信はシンプルなものだった。

『登録したー。これからもよろしくー』

「あっ、これだけ？」

別に長いメール交換《こうかん》を期待したわけじゃないけれど、終わってしまったメール交換に残念な気持ちの方が大きい。

もっとドキドキを味わいたかったのだろうか？

そんな恋心《こいごころ》に近い感情を赤城君にもう持っているなんて、私って何て惚《ほ》れ易《やす》い奴《やつ》なんだって思ってしまうけれど。

「でも、小説の主人公達って結構簡単に恋に落ちていたりするんだよね……」

理屈《りくつ》抜きで考えたら、恋ってこんなもんなのかな？

勉強みたいに、すぐにわかる答えなんかないのが恋愛《れんあい》ってやつなのかな？

それとも私が深く考えすぎで、みんなもっと簡単に恋愛をしていたりするのかな？

女友達がいない私。誰にも相談出来ないのが歯痒《はがゆ》いと、この時初めて思った。


次の日の朝、毎日楽しみにしていた恋愛小説はいつの間にか私の中で恋に対する気持ちの参考書になっていた。

いつもならただ流し読みするだけの主人公の心の葛藤《かっとう》を何度も繰《く》り返して読んでみたり。

相手の男の子の何気ない優《やさ》しさの場面を見つけたら、深く感動したり。

一番盛り上がるラストシーンしか楽しみに読まなかった今までの読み方じゃない、恋愛をする女の子の気持ちに激しく頷《うなず》きながら、ずっと小説を読み漁《あさ》っていた。

まるで自分も恋に目覚めた女の子みたいだ、なんて思いながら。

でも、

「赤城君とは、お友達だ……」

そう自分に言い聞かせていた。

そんな気持ちに戸惑《とまど》いながらも、学校に着き靴箱《くつばこ》に辿《たど》り着く。

でも、そこには何か違和感《いわかん》を凄《すご》く覚えた。いつもなら絶対に感じない視線。

それをなぜか今日はよく感じる。

それもいい視線じゃない。嫌悪感《けんおかん》丸出しの、そんな視線だった。

何だろう……私、何かしたっけ？

凄く居心地《いごこち》が悪い。急いで靴箱で履《は》き替《か》えて、靴箱や廊下《ろうか》にいる特に女子の視線から逃《に》げるようにその場を去った。


下を思いっきり向きながら、さっきの視線の事を考える。

多分、私を見ていた子達は同じ学年の子達だ。

だいたいは見覚えがある。だって一年と二年を私と一緒に過ごした人達だから。

でも、何で今なんだろう？

不安と焦《あせ》りが私の小さな心を押しつぶしていくようだ。

人の視線が怖《こわ》いなんて、久しぶりに感じた。

逃げ込む場所はもちろんあの教室。一人で逃げ込み、心を落ち着ける。

「何だろ……嫌《いや》だな……」

教室に行きたくない気持ちはいつもあるけれど、今日は一段と強い。

椅子に座り、自然とため息が出た。

「どうしよ……授業サボるわけにもいかないし、でもあの様子じゃまた見られちゃうのかな」

微《かす》かに震《ふる》える手をギュッと握《にぎ》り締《し》める。

私は何も悪い事をしていないんだから堂々としていればいいんだ！　って強く思いたいけれど、いざ足を教室に向けようと思ってもなかなか向いてくれない。

だけど、HRを知らせる予鈴《よれい》は私の気持ちを待つことなく鳴り響《ひび》いた。

「あっ……行かなくちゃ」

不安な気持ちを抱《かか》えながらも、重い足取りで自分の教室へと歩いて行く。

やっぱり、一部の女子からは見られている気がする。

「ほら、あの子だよ。確か地味子ってあだ名の……」

「えっ？　うわっ、本当だ！　赤眼鏡《めがね》してるってマジだ！」

クスクス笑う声に驚きとからかいの含《ふく》んだ笑い声も聞こえてくる。

久しぶりにあう疎外《そがい》感に、否応《いやおう》なしに溢《あふ》れてくる涙《なみだ》をぐっと堪《こら》える。

昔はこんな事を言われても、もう少し毅《き》然《ぜん》としていられたのに……

人と触《ふ》れ合う喜びを知ってしまったら、こんなにも弱くなってしまうんだって改めて感じた。

教室に一歩足を踏《ふ》み入れると、私を見つけた赤城君が小さく手を振《ふ》ってくれた。

ポッと、赤くなる私の頬《ほお》。

手を振り返す代わりに首だけ小さく頷いた。

私のその様子を見ると満足したのか、またバスケ部の男の子達との会話に参加し始めた。

心があったかくなる温度を感じながら、後ろからはやっぱり見られている視線を感じる。

もう感じなかったことにしようと無理矢理《むりやり》自分に言い聞かせて、私は自分の席に座った。

それから休憩《きゅうけい》時間のたびに何となく噂《うわさ》をされているように感じるけれど、何の動きもない私に興味がなくなったのか、いつの間にか視線や噂を感じることはなくなっていた。

よかった……みんな、飽《あ》きたのかな？

そう安心していた時だった。昼休みはいつもあの無人の教室でお弁当を食べる私。その用意をしていると……

「ねぇ、柏木さん。ちょっといい？」

目の前に現れたのは、面倒《めんどう》そうな顔をしている五十嵐さんだった。

昨日は明るく綺麗《きれい》だった瞳《ひとみ》はとても濁《にご》っている。

その嫌な予感が私に信号を送ってくる。

これ、呼び出されて何か言いがかりを付けられるパターンなんじゃないのか？　って不安ばかりが私を襲《おそ》う。

「あっ……いや、私……」

何て言ってここから逃《のが》れよう……そう思案していると、

「急いでるからさ。早く決めてくれない？」

苛立《いらだ》ちを含んだ声が座っている私の頭上から聞こえてくる。

もう、逃げられない。そう悟《さと》った私は大人しく五十嵐さんの言う事に従い、ついて行った。

吐《は》き出しそうな緊張感《きんちょうかん》を感じながら、早歩きで前を歩いて行く五十嵐さんの後ろを必死に歩いて行く。

一体、どこまで行くんだろう？

ちょっと話す程度なら廊下でもいいんじゃないか？　っと不思議に思えるほど、廊下を歩いては階段までも上って行く。

もしかして屋上まで連れて行かれるのかな？

そんな不安をめぐらせていた時、五十嵐さんの足が止まった。

「ここ、入って」

五十嵐さんが立ち止まり、指差した先は『生徒会室』だった。

「えっ？　こ、ここ⁈」

「そっ。ここ」

はぁーっ！　っと盛大にため息をついた五十嵐さんは、また盛大に生徒会室の扉《とびら》を開く。そして中にいる人達に声をかけた。

「ちょっと！　連れて来たわよ！　全く、何で私がこんなことまでしなくちゃいけないのよ！」

「おぉっ‼　やっと来たっ‼」

五十嵐さんよりずっと大きい声を張り上げて私を出迎《でむか》えてくれたのは、確か一昨日《おととい》の朝に見かけた人。

赤城君も所属しているバスケ部の男子だ。

「ほらっ！　あとは自分らで何とかしなさいよね。私は帰るから」

「ちょっ！　待てって！　お前も一緒《いっしょ》に説得してくれよ！　あいつ一度怒《おこ》ったらすげー頑固《がんこ》で
……」

「なーんで私が三上と遠藤《えんどう》さんの痴話《ちわ》喧嘩《げんか》の仲裁《ちゅうさい》をしなくちゃいけないのよ！　柏木さん連れてきたからもういいでしょ!?　あとは三人でどうぞ！」

「んじゃ赤城は!?　あいつどこ行った？」

「私が知るか！」

生徒会室で、ソファを隔《へだ》てて繰り返される会話についていけない私。

ただ呆然《ぼうぜん》と二人のやり取りを見ていた。

一体何がどうなっているんだろう？

私が五十嵐さんと三上君を交互《こうご》に見比べていると、三上君が私の視線に気付き、こちらにやってきた。

「なぁ！　えーっと……柏木？」

「は、はい、柏木です」

「頼《たの》む！　こっち来て俺の彼女にちゃんと説明して！」

「へっ？　な、何を……？」

「何をって気付いてないの？」

迫《せま》り来る三上君に両手で壁《かべ》を作りながら、もう何が何だかわからない私にさらに五十嵐さんが言葉をかけてくる。しかも、信じられないって顔で。

「わ、私、全然、わ、わからないんだけど……」

三上君はキョトンとした顔、五十嵐さんはまた盛大なため息だ。

そして私は驚愕《きょうがく》する話を五十嵐さんから聞くことになる。

「柏木さんと三上、噂になってるわよ。今日の朝から。誰《だれ》も使っていない教室に二人っきりで過ごしているって」

「……っえぇ!!」

今日初めての大きい叫《さけ》び声をあげてしまった。

私が？　この初対面に近い三上君って人と!?　何で？　どうして!?

開いた口が塞《ふさ》がらない……まさにそんな感じだ。

「そ、そんなっ！　そんな事してない!!　絶対にしてない！」

「なっ！　そうだよな!?　それさ、俺の彼女に説明してくれよ！　もうずっとあそこに閉じこもって話もしてくれねーんだ」

あそこと言って指差した場所は「会長室」のプレートが掲《かか》げられている扉だった。この中に三上君の彼女の遠藤さんが閉じこもっているらしい。

……私との関係を疑って。

そんなことあるわけないのに。

だって、私があの教室で一緒に過ごしているのは赤城君だ。三上君なんて人じゃないもの。

「なー、香《か》織《おり》、ここ開けろって。変な噂されたもう一人の女子を連れてきたから。ちゃんと話を聞けよ」

三上君は扉をノックしながら必死に彼女さんに訴《うった》えかけている。

その表情を見て、本当に彼女さんのことが好きなんだなぁってすぐわかった。

あんな風に想《おも》われるの、いいな。羨《うらや》ましい……

「でも、何で私と三上君が……？」

それが一番不思議だ。

赤城君じゃなくて、どうしてこの三上君って人なんだろう？

「三上と赤城って似ているからじゃない？」

そう教えてくれたのは、もうここから帰ることを諦《あきら》めた五十嵐さんだ。

ソファに座り足を組むその姿は、雑誌のモデルさんみたい。

「髪形《かみがた》も身長も後ろから見ればそっくりだもんね。それを見た人がきっと勘違《かんちが》いしちゃったんだよ。違《ちが》うのは髪色とか声くらい？　まー、二人共猿顔《さるがお》だけどー」

きゃははっ！　って笑いながら、噂の真相を教えてくれた五十嵐さんは、大したことがないみたいに笑っている。

だって、みんな噂には飽きてそんな話はもうしていないはず。

存在感がない私の噂なんてそんなもんだろう。

でも、遠藤さんからしたらそんな程度じゃない。私だってそうだ。

もし、こんな噂が赤城君の耳に入ったらって思うと、きっと誤解を解くのに必死になると思う。

「でも、赤城君と三上君は、全然……似てないよ」

「へっ？」

扉の前でまだ必死に遠藤さんを説得する三上君を後ろから見つめる。

五十嵐さんは後ろから見ればそっくりだって言っているけれど、私からすれば全然似ていない。

「だって、肩幅《かたはば》とか、体形とか……赤城君の方がもっと広いっていうかガッシリしてるっていうか……うん。似てない」

「それ嫌味《いやみ》？」

「ひっ！」

聞こえていないと思っていた私の声はしっかりと三上君には届いていたようだ。首だけ後ろに向けられて、ジトッと睨《にら》まれた。

「どうせ俺は部員の中じゃ細い方だよ！　気にしてるんだからハッキリ言うなよな……」

三上君はそう言うといじけてしまった。

彼女にはとことん無視をされて、挙げ句の果てには知らない女子に自分のコンプレックスを指摘《してき》された三上君。さすがにかわいそうになってきた。

「あ、あの、ごめんね？　三上君。私、そんなつもりじゃ……」

「謝るなら誤解解くのを手伝ってくれよ。本当、マジ頑固っ！」

そろそろげんなりしてきた三上君の顔を見て、急いで私も声をかける。

確か遠藤さんってこの生徒会で役員をしてる人だ。だから閉じこもった先はここなのかな？

「あの……遠藤さん、あの、お、おはな、お話を……」

「柏木さん、そんな声じゃここにいる私でギリギリよ？　もっとハッキリと口を開けて！」

すぐ後ろからは五十嵐さんの厳しい声が聞こえてくる。

朝からどんよりした気持ちでさっきまで暗い私だったのに、いつの間にか大きな声を出して顔もよく知らない女の子の名前を呼んでいる、こんな昼休み。

まさか今日のお昼がこんな賑《にぎ》やかな事になるなんて思いもしなかった。

ちょっと赤城君と関《かか》わっただけで、こんな事になるなんて。

私の呼びかけでやっと「会長室」から出てきてくれた遠藤さんは、泣いていたのか目が真っ赤だった。

その姿を見てすぐさま抱《だ》きつく三上君に、私は見てはいけないものを見てしまったような気がして両手で目を隠《かく》した。

だけど、五十嵐さんが「気にしなくていいわよ。いつものことだから」って言っていたから、それにもまた驚《おどろ》いた。

遠藤さんも交えて四人の不思議な昼休み。

私と三上君のことを疑っていた遠藤さんは、私のたどたどしい説明と五十嵐さんのフォローで何とか誤解は解けて、素直《すなお》に三上君に謝っていた。

そして迷惑《めいわく》をかけた私と五十嵐さんに対しても。

そこでホッとしたのも束《つか》の間、遠藤さんは私に爆弾《ばくだん》を投げつけた。

「柏木さんと赤城君って付き合っているの？」

「あっ、それ、俺も聞こうと思ってた」

という、三上君の援護《えんご》射撃《しゃげき》も追加されて。

「ち、違う！　違う!!　違うから!!！」

思いっきり否定しながらも、顔は真っ赤だから説得力なんかなかったのかもしれない。

でも、こんな恋《こい》バナもどきをすることなんて初めてで。私はこんな昼休みも悪くない、って素直に思っていた。

第6話「嬉しい約束」

「柏木さんって赤城のこと、好きでしょ」

ハッキリと言われたその日の昼休み。

三上君と遠藤さんが迷惑をかけたお詫《わ》びに購買《こうばい》部でお昼を奢《おご》ってくれるという事で買い出しに行ってくれている間、私と五十嵐さんが取り残されたこの部屋で、ソファに座り向かい合わせになった途端《とたん》に言われた。

「な、ななな何、何で？　何で、そんな、こと……」

「さっき赤城の話をしてる時、恋する女の子の顔になってたから」

綺麗《きれい》な含《ふく》み笑いをしながら、俯《うつむ》いてしまった私の顔を覗《のぞ》き込まれて断言されてしまった。

「何で恥《は》ずかしがるのかなー？　いいじゃん、素直になっちゃえば？」

軽く笑い飛ばされた私の態度。もう、素直に頷《うなず》いた。

「あははっ！　そうそう！　素直なのが一番よー！」

美人は豪快《ごうかい》に笑っても美人だ。五十嵐さんに見惚《みと》れながらそう思ってしまう。

「まぁ、グイグイ行き過ぎるのも考えもんだけど、赤城ってさ、本っ当、部の中でも相当のバスケ馬鹿《ばか》だから、少しくらい強引《ごういん》なくらいの方がいいかもよ」

「別にっ！　そういうつもりじゃ……っ!!」

「いいじゃん、チャンスありまくりだよ？　柏木さん。今日の放課後も二人で個人授業でしょ？」

「っ!!」

個人授業……

凄《すご》く意識してしまうから、その名前ってかなり気恥《きは》ずかしい。なのに五十嵐さんは堂々と言ってくる。

「頑張《がんば》ってね」っと、キラキラと輝《かがや》いている笑顔《えがお》で言われてしまった。

それからこの高校に入って初めて誰《だれ》かと一緒《いっしょ》にお昼ご飯でパンを食べた。

購買部のパンってこんなに美味《おい》しいんだっと知ったのも初めて。

そして喋《しゃべ》りながら食べるお昼も、食べたり喋ったりと忙《いそが》しいけれど美味しいってことも。

もしここに赤城君がいたら、もっと楽しかったのかな？　ってことも、実はひそかに思っていた。

それから五十嵐さんと一緒に教室に戻《もど》った。

女子と喋りながら廊下《ろうか》を歩くのもどれぐらいぶりだろう……みんながやってる当たり前のことなのに、一人気分が高揚《こうよう》していた。

そして教室に戻ると、もっと気分を高揚させてくれる人がいる。

赤城君はお昼休みが終わってこれから五限目の授業が始まるっていうのに、机に突っ伏《つぷ》して寝《ね》ちゃってる。

次は数学なのにしょうがないなぁ……って心の中で笑ってしまった。

そして穏《おだ》やかに時間は流れて……放課後。

まだ私の心はお昼休みの高揚感《こうようかん》でいっぱいだった。

そういえば赤城君が言っていた。

次の次に遊びに行く時はバスケ部のみんなで行こうって。彼女がいる人は彼女を連れてくるって言っていた。

だから遠藤さんも来るよね？　もう一人のバスケ部の深谷君の彼女さんも凄く可愛《かわい》くて優《やさ》しい人だって言っていた。そんな人達なら私でも仲良く出来そうだ。

私の楽しみが、また一つ増えた。

でも、今の私の楽しみはここだ。

誰も使っていない教室で赤城君と二人っきりの放課後。

教室の前まで来ると、一応誰かに見られていないか辺りを見回してから教室の中に入った。

今日も夕焼け色に染まっているこの教室。

その中にポツンとある机と椅子《いす》には先に来ていた赤城君が座っている。

座ってはいるけれど、その体勢は五限目に見た時と一緒だ。また、寝ちゃってる。

「もう、五限目も寝てたのに」

クスッと笑って、静かに扉《とびら》を閉めた。

出来るだけ足音を鳴らさずに近寄る。

そうっと覗き込んだ横顔は本当に熟睡《じゅくすい》しているみたいで、ちょっと影《かげ》を落としただけじゃ気付かれない。閉じられた瞼《まぶた》もピクリとも動こうともしない。

「赤城君……」

小さな声で囁《ささや》いた。こんなんじゃ起きなくて当たり前かぁ。

「あーかーぎーくん」

少し大きな声で呼びかけた。下を向いてばかりいるからズレてきた眼鏡《めがね》の位置を直す。

……困ったな、起きてくれない。起きなきゃ勉強出来ないよ。

「ねぇ、赤城君」もう一度声をかけるけれど起きる様子は無い。

だったら、身体《からだ》を揺《ゆ》するしか方法はないのかな？

目線を広い肩《かた》に移す。触《さわ》っていいんだろうか？　私の手でこの広い肩を。

ふるふると震《ふる》える手で赤城君の左肩に触《ふ》れた。

制服のシャツから触れたその肩は、想像以上に硬《かた》くて私の身体なんかとは全然違《ちが》っていた。

無駄《むだ》な脂肪《しぼう》がないの？　私なんか二の腕《うで》はぷよぷよだっていうのに。

「あ、あの……」

触ってしまった場所に全神経が集中する……

私ってばこれだけでこんなになっちゃうのに、遠藤さんみたいに抱《だ》きつかれたらどうなっちゃうんだろう？

さっき衝撃《しょうげき》的な場面を見てしまったから、どうしても思い出して妄想《もうそう》しちゃう。もし、赤城君にあんな風に抱きつかれたら……

「ん〜？　……いつから来てた？」

「わぁぁぁっ!!」

「うおぉっ！　ビックリした!!」

いつの間にか起きていた赤城君に驚《おどろ》いた私と、急に大声を出した私に驚いた赤城君。二人の瞳孔《どうこう》は開いて、私は急いで肩に触れていた手を隠《かく》した。

「ちょー、そんな大声出したら目覚めすげー悪いんだけど」

「ご、ごめん……」

赤城君は背伸《せの》びをしながら大きな欠伸《あくび》をしている。余裕《よゆう》がないのは私だけだ。

「んー今、何時？」

「えっと、四時三十分」

「おーよく寝たー」

本当に熟睡していたのか、いつもより喋るのもスローだ。

まだ眠《ねむ》そうな彼を見ながら、私は自分の指定席に座った。

「五限目も寝ていたよね？　赤城君」

「あっ、バレた？　よく見てるなー。マジでせんせーっぽい」

よく見てる。と言われて、こっちこそバレてしまったのかと思った。確かに最近、赤城君を目で追いかける事が多いから。

「柏木、せんせーに向いてるんじゃね？　将来の職業」

「も、もう、話逸《そ》らさないで！　ちゃんと授業聞かなきゃ……っ！　しかも、数学の授業だったんだよ？」

「あははっ！　大丈夫《だいじょうぶ》、大丈夫。ほら、ちゃんと柏木せんせーの宿題はやってきたから」

「もう！　またそうやって誤魔化《ごまか》す！　じゅ、授業の方が大事！」

相変わらずのニコニコとした笑顔で、赤城君は部活鞄《かばん》から私との勉強用のノートを取り出す。

そして、それを机の上に置いた。

「これやってたらさー。気付いたら夜の十二時回ってたんだよ。凄いだろ？　俺がそんな時間まで起きてるなんて奇跡《きせき》！」

どうして偉《えら》そうにしているのかわからないけれど、自信満々にノートを差し出した。

それと今、改めて知ったこと。

赤城君は寝るのが大好きで、寝つきがとってもいいってこと。

「確認《かくにん》します……」

宿題として出したノートのページを捲《めく》り、私は赤ペンを用意した。

「あっ」

「んっ？　どお⁇」

「昨日、出来なかったところが出来てる……」

「マジっ⁉　やったぁ！」

「ちゃんとやってきた」っていう言葉は本当だった。

昨日は出来なかった文章問題がちゃんと理解して出来ていた。

それに応用問題も。やっぱり赤城君、やれば出来るんだ。

「凄《すご》いよ。の、飲み込み早いね」

「優しくて教えるのが上手なせんせーのおかげかなー？」

そう言いながら赤城君は私の前頭部あたりをぐしゃぐしゃに撫《な》でた。

あまりにも突然《とつぜん》の出来事に盛大に仰《の》け反《ぞ》ってしまう。

「ヤ、ヤダ、もう！　やめて‼」

「えー？　そんなに嫌《いや》がる？　結構傷ついたー！」

「ちょ……赤城君、声大きいっ」

人差し指で「シーッ！」と合図を送る。そんな私に赤城君は少しむくれ顔だ。

「何だよ、嬉《うれ》しい事は喜んでいいじゃん」

「そ、それでもまだ予定の半分も出来てないよ？　まだ、頑張らないとっ」

「あー、はいはーい！」

「ちょ、だから声が大きいよ」

どうしてそんなに声を大きくするんだろう？

わざと外に聞こえるみたいに喋っているみたい。

私としては、せっかくあの噂《うわさ》が収まってきたっていうのに、また広まってしまうのが怖《こわ》くて嫌でしょうがない。

だから、必死に赤城君に「静かにして！」のジェスチャーを送り続けた。そんな私に赤城君はますますむくれ顔だ。

「だってさー」

今日の予定の教科書を開きながら、そっぽ向いた赤城君の横顔。少し照れてる？

「柏木と一緒《いっしょ》に放課後に残って勉強してるのは俺なのに、何で三上と噂になってんだよ。コレは『ここにいるのは三上じゃなくて俺だぞー』っていうパフォーマンス」

「えっ……!?　な、何それ」

赤城君がむくれながら話してくれたことは、私が出来れば伝わってほしくないっと思っていたことだった。

　しかも、むくれているということは、嫌がってくれている……ということで。

「あっ！　まさか三上のヤツ、俺がいない間ここに来てんじゃねーよな？」

「き、来てない！　来てない!!」

　首と手の両方を左右に振《ふ》りまくった。一番恐《おそ》れていた誤解だ、これ。

　しかも、あんまり信じてもらえていないみたい。

「本当に来ていないよ？　赤城君だけ！　赤城君だけだから」

「俺だけ？」

「そう！　俺だけ！」

　私の「俺だけ」と言ったことが可笑《おか》しかったのか、むくれた顔から「ぶはっ！」と笑顔《えがお》に戻《もど》った。

　笑顔にはなってくれたけど、それでもどうしてこんな噂になったのかわかってほしくて、私は必死に説明を始めた。

「あのね、あの……私もその噂を教えてくれたあの、五十嵐さんなんだけれど、あの、五十嵐さんが言うには、三上君と赤城君ってその……後ろ姿が似てるって、あの言ってて。私はね、似てるとは思わないけどね。でも、他《ほか》の人からはそう見えるみたいで、だから、その、それで勘違《かんちが》いされちゃったのかな？　って言ってて。あっ！　三上君も大変でね！　彼女さんと凄い喧嘩《けんか》になっちゃって……」

そこまで言って気付いた赤城君の視線。

私をジッと見てる。

その視線を受けて、じわじわと頭から足のつま先まで赤くなっていく。

「しゃ……喋《しゃべ》りすぎちゃった……ごめんなさい」

「いやー、レア」

「へっ？」

「そんなに喋ってくれたの初めてじゃね？　柏木」

赤城君は頬杖《ほおづえ》をついて、満面の笑みを見せてくれる。

本当、嬉しそう……

「そ、そうかな？」

「うん、そー。相変わらず『でも』とか『あの』が多いけど」

指摘《してき》された私のクセ。会話をどう繋《つな》げたらいいかわからなくて、よく使う言葉だ。

「ごめん、わかりづらくて……」

「いやー。楽しいよ。お前と喋っているのも。それに三上との事もちゃんとわかったし」

とくんって胸の中が弾《はじ》けた。

「それにもっと柏木に褒《ほ》められたいって思うから、勉強も頑張《がんば》れるしなー」

なんて言ってノートをパラパラっと捲っている。

私の胸は、今の言葉にさらに躍《おど》り続けた。

「この個人授業が終わる頃《ころ》には、柏木が出す問題を全部マルばっかりにしてやるから。もう、赤マルばっかり。頼《たの》もしいだろ？」

言うだけなら誰《だれ》でも出来るけれど、なぜだか赤城君なら出来そうな気がする……と思えるのと同時に、本当に大丈夫かな？　って疑いの気持ちもあるから、つい吹《ふ》き出して笑ってしまった。

「ちょっ！　笑うとか失礼だろー」

「あははっ！　ごめんね？　うん、頑張ろうね」

「絶対ビックリさせてやるからな」

さっきのむくれた顔とは大違《おおちが》いの赤城君は、気を取り直したのかそれからの勉強も躓《つまず》くことなくスムーズにこなしていく。

そして教室に広がる夕日がだんだんと夕暮れに変わる頃、今日もあっという間に放課後の時間は過ぎていった。

早い……赤城君と過ごす放課後は。

もっと、一緒にいたいのになって思ってしまう。

「あーっ!!　終わった!!　頭、パンクしそう！」

腕《うで》を伸《の》ばして大きく背伸《せの》びをしている彼は、とても疲《つか》れている。

そんな事を思っているのは私だけかってちょっと寂《さび》しくなった。

「はい、今日の分の宿題」

「おー」

書き終わったノートを閉じて赤城君に渡《わた》す。

そして椅子《いす》から立ち上がり、先に教室を出る。だってそうしないとまた変な噂がたっちゃうと思ったから。

なのに、赤城君も一緒に帰る支度《したく》をしている。いつもなら私が先に帰るのに。

赤城君は部活鞄を肩《かた》にかけると、先に扉《とびら》の方に歩いて行く。

「何してんだよー、柏木」

「えっ？」

「早く帰らねーと。門限あるんだろ？」

「う、うん」

扉の前で立ち止まっている赤城君はまるで私を待ってくれているみたい。

いや、みたいじゃなくて、待ってくれているの？

「途中《とちゅう》まで一緒に帰ろーぜ」

夕暮れ時なのに、ニコッと昼間の爽《さわ》やかな日差しを思わせてくれる笑顔で赤城君は私を誘《さそ》ってくれた。

一緒に帰ろうって。

「やっ……でも……」

気になるのは、あの噂だ。

「何ー？　帰らねーの？」

どこまでもあっけらかんと、赤城君は私に問いかける。

「帰る……けど、いいの？」

「んっ？　何がー？」

「……噂、気にならないの？」

キョトンとした赤城君の顔は言った私が意識しすぎなんじゃないか？　っと思えてしまうほど、そんな噂なんて何てことない、みたいな顔をしていた。

「べっつにー？　全然。いいじゃん、悪いことしてねーんだし」

そう、言ってくれた。

それが嬉《うれ》しかった。

私と一緒にいても恥《は》ずかしくないって思ってもらえたことが、どれだけ脅《おび》えていた心が嬉しさで満たされたか……

赤城君みたいなお気楽な人にはきっと一生わからないんだろうな。

でも、嬉しい。

勇気を出して赤城君の隣《となり》に並んだ。

どこかまだ見られることに抵抗《ていこう》があるから、どうか知ってる人に会いませんようにってそれだけは願ったけれど。

正門を出ると、バス通学の私は右に曲がり、徒歩通学の赤城君は左に曲がる道だった。

あぁ、ここでさよならだ。

そうあからさまに残念な顔をしてしまうと、赤城君に頬《ほお》を摘《つま》まれた。

「ひゃぁ……ふぁっ！　ふぁに!?」

「ぶはっ！　おもしろ……じゃなくて柔《やわ》らか!!」

今、面白《おもしろ》いって言おうとした??

突然《とつぜん》の事で赤城君が何をしたいのかわからない私は戸惑《とまど》うばかりだ。

でも、彼は夕日を後ろに背負い、目を逸《そ》らすのが勿体《もったい》無いくらいの笑った顔で私を見てくれている。

「何かつまんなそーな顔してたから？　ちょっと気晴らしに摘んでやろうかと思って」

……その思考回路がわからない。

誰が見てるかわからない正門なのに。だけど、摘まれても嬉しいと思っている私の思考回路も相当危ないと思う。

パッと赤城君の指先が離《はな》れ、私の頬にはじんじんとした痛みから、じわじわと熱が溜《た》まっていく。

そこからもう顔は真っ赤だった。

「じゃあなー、また明日《あした》ー」

「うん、お、お疲れ様」

「おう、明日もよろしく」

そう別れの言葉を言ってさよならをした。

去って行く背の高い姿をしばらく見続けた私。

赤城君は歩く時は音楽を聞くのか、イヤフォンを部活鞄《かばん》の小さなポケットから取り出していた。

何、聞いているんだろう？　こんな些細《ささい》なことでも知りたいと願ってしまう。

赤城君のこと、あぁ、好きだなぁって思ってしまう。

軽い足取りで帰り道を歩く。

いつもなら誰とも目を合わさないように下ばかり向いているのに、今日は前を向いて歩ける。

赤城君の言葉一つ一つが嬉しくて、拗《す》ねる素振《そぶ》りも思い出すだけで頬が緩《ゆる》んでしまうくらい可愛《かわい》かった。

浮《う》かれた気分は家に帰ってからも落ち着くことはなくて、「今日、どうしたの？　凄《すご》く機嫌《きげん》がいいね」って、家庭教師の加藤先生に指摘されちゃうくらいだった。

「こっちまで楽しくなるくらい。どうしたの？　何かいいことあった？」

勉強机に頬杖をつきながら加藤先生に聞かれたものだから、勉強をする手を止めた。もしかしたら笑われちゃうかもしれないけれど、恐《おそ》る恐る聞いてみた。

「あの、先生」

「んっ？　何？」

ペンを置いた手は指同士を擦《こす》り合わせてモジモジさせる。

でも、こんなことを聞けるのはこの人しかいないから思い切って聞いてみた。

「あの男の子って、どういう女の子が好きですか？」

「へっ？」

「今度、の、土曜日……その、遊びに行く約束をしていて……」

「それってもしかしてデート？」

「デート」という単語を聞いて、一気に燃え上がった私の顔。湯気、また出そう……

「あははは っ！」

そんな私に先生はとっても楽しそうに……いや、嬉しそうに笑ってくれている。

「よかった」

「えっ？」

「美佑ちゃんにこんな日が訪《おとず》れてくれて」

「先生？」

加藤先生は黒縁眼鏡《くろぶちめがね》の奥にある慈愛《じあい》に満ちた瞳《ひとみ》で私を見てくれる。本当、優《やさ》しいお兄さんだ。

「でも兄の気分の僕としてはちょっと複雑かも？」

「あ、あの！　赤城君とはそんな関係じゃ……!!　私が一方的に好きなだけで……！」

「へぇ～赤城君っていうんだね。あと僕、一言も好きな人がいるの？　なんて聞いてないよ？」

身を乗り出して抵抗しようと思ったけれど、六歳も年上の加藤先生に口で敵《かな》うはずがない。

先生はクスクスと小刻みに笑って肩を震《ふる》わせていた。

「も、もうこの話はいいです……」

「あはは！　ごめんごめん、からかいすぎたね。今日はもう勉強は止《や》めにしようか？」

「えっ？」

「美佑ちゃんの初めてのデートが成功するように、今日は学校の勉強じゃなくて男の子の勉強をしよっか？　……って、こんなこと言ったら変態っぽい？」

「やだっ！　先生!!」

あまりの普段《ふだん》の先生とのギャップに、はしたなかったけれど声を出して笑ってしまった。

せっかくの厚意《こうい》を私ったら笑っているのに、先生はニコニコと笑顔《えがお》で見つめていてくれる。

先生は勉強机に広げていた教科書やノートを全部片付け始めた。

本当にこれ以上勉強はしないみたい。いいのかな？　こんなことしちゃって。

「あっ、今から教える事はお母さんには内緒《ないしょ》だよ？　バレたら僕が給料泥棒《どろぼう》だって怒《おこ》られるから」

「ふふっ。わかりました」

黒縁眼鏡の奥にある瞳は悪戯《いたずら》っ子のように笑っていて、また小さく笑ってしまった。

本当、意外。いつも真面目《まじめ》だった加藤先生にこんな一面があったなんて。

先生は椅子《いす》の向きを机から私へと移す。私もいつも以上に背筋をピンッと伸《の》ばした。

それから教えてもらったのは何て事のない普通《ふつう》の事だらけだったけど、こんなお話をしたことがない私にとっては興味深いことばかりだった。

特に印象に残ったのはこの一言だった。

「眼鏡を外した顔と普段の顔とのギャップに好感を持つ子もいると思うよ。あと、笑顔だけは絶対に忘れないでね」

それからも勉強の話は出ずに加藤先生とたくさんのお話をした。

こんなに先生と学校のことや私生活のことを喋《しゃべ》ったのは初めてだった。

そして、いつも通り先生を玄関《げんかん》までお母さんと見送り、夕飯を食べようとダイニングに行くと私が座る位置のテーブルの上にはある大きな封筒《ふうとう》が置かれていた。

「お母さん、何？　これ」

「今度から通う塾《じゅく》の書類よ。説明会もあるようだから見ておきなさいね」

テーブルの上には、この辺りでも有名な進学塾の名前が記載《きさい》されてある封筒が置かれていた。

あとで見ようと思い封筒はとりあえず避《さ》けておき、夕飯をお母さんと二人で食べる。

「さっきの塾なんだけどね、お母さんも見学に行って来たんだけど、とにかく一日のスケジュールも先生の指導もしっかりしていて……」

っと、相変わらず勉強のことばかりだし……

そんな気持ちになってふと、お箸《はし》が止まった。

あれ？　私、今までこんな風に思ったことあったかな？　……って。

「美佑？　聞いてる？」

「あっ、うん。聞いてる……大丈夫《だいじょうぶ》」

今、ちょっとお母さんの事うっとおしいって思っちゃった。

こんな事思っちゃ駄目《だめ》だ……せっかく私の為《ため》に塾に通う事まで考えてくれているのに。

「塾に行くのはこの先、いい大学に入るためには大切なことなんだからね。美佑の為なんだからら」

「うん、わかってる」

「お母さんと同じ大学に入るためには、お母さん以上に頑張《がんば》らないとね。今、頑張れば大学に入ってから苦労しないわよ」

「……うん」

わかってるけれど……何となくいつもみたいに頑張ろうって思えない。

そんな話よりも気になるのは、早くご飯を食べて土曜日に遊びに行く時のお洋服を選ばなくちゃってことだ。

先生があんな話をするから、もうすっかり意識が遊びに行くことに飛んじゃっている。

「ごちそうさま」

お箸を置いて席を立った。塾の封筒も忘れずに。するとお母さんから声がかかる。

「あら？　もういいの？　今日はいつもより食べる量少なくない？　あまり食べ過ぎないのも駄目よ。脳が活性化しないいんだから」

「大丈夫。本当に食欲《しょくよく》ないから」

今は食事よりも早く部屋に戻《もど》りたい。

もしかしたらメールとか来ているかも……なんて期待をしてしまっている自分がいるから。

「そう？　ならいいけれど……くれぐれも体調だけは崩《くず》さないようにね」

「はい」

返事をしながらリビングを出て行き、部屋まで早歩きで向かった。

頭の中はクローゼットの中にある服の事でいっぱいだった。勉強以外の事でこんなにも考えたのは本当に久しぶりだ。

「全然可愛いのがない……」

自分のクローゼットを見てがっかりした。

私は本当に平凡《へいぼん》で地味な服しか持っていなかったから。

みんなどんな服装で男の子と遊びに行ったりしているんだろう？

「誰《だれ》かに聞いてみたいけれど……でも、聞ける人なんていないし」

勉強机に置いてある携帯《けいたい》を手に取った。

残念なことに赤城君からのメールは届いていなくてホッとしたような残念なような……

携帯を片手に握《にぎ》り、再度自分のクローゼットを物色してみるも、やっぱりあるのは黒やベージュ、紺色《こんいろ》にデニムばかり。

「ワンピースの一着でも買っておけばよかったな……」

しょんぼりしながらもしょうがなく決めたのは、袖《そで》に少しフリルのついた白のカットソーと細身のデニムパンツだった。

これであとは土曜日を待つのみ。

一体どんな風に待ち合わせてどんな雰囲気《ふんいき》になるのかなんて想像も出来ないけれど、ただ今はもう土曜日が楽しみでしかなかった。

そして次の日の金曜日。

この日は何事もなく平和に過ごせた。

いつも通りに登校して、いつも通りに一日を過ごして、そして放課後は赤城君とあの教室で二人きりで数学のお勉強をして……

最初はバツばっかりの赤城君の宿題だったけれど、今日は半分以上に赤マルが付き、正解率も随分《ずいぶん》とアップした。

これには本当に驚《おどろ》いた。多分、ちゃんとやれば平均点以上は取れるんじゃないかって思えるくらい。

「うあぁぁ……もう、無理……」

「あはは。そろそろ終わりにしようか？　あんまり詰《つ》め込みすぎちゃうのもよくないし」

「いや、でもあともうちょっとやった方がいいかー？」

「な、何で？」

「だって柏木に勉強見てもらえるのも、今日とあと月曜しか無いじゃん。日曜は来週の練習試合に備えて一日練習だしさ。だから俺不安しかねーよー」

机に項垂《うなだ》れる大きな身体《からだ》。なのに言っている事は酷《ひど》く頼《たよ》りない……

笑いそうになっちゃったけれど、本人にとっては重要な問題なんだ。

「このままで大丈夫だよ、赤城君。それに今度の練習試合に呼ばれているんなら、佐々木先生もきっとテストをクリアしてくれるって思ってくれているんだよ」

その言葉に項垂れていた身体はとても勢いよく起き上がった。

「やっぱりそう思う!?」

突然《とつぜん》の大声に耳はビリリッ！　と震《ふる》えた。

そのことにもちろん驚きもしたけれど、もっと驚いたのは赤城君の変わり身の早さだ。

俯《うつむ》いて暗くなっていた顔はもう輝《かがや》きを放つ笑顔《えがお》に変わっている。

うん、やっぱり赤城君にどんよりした表情は似合わない。

似合うのはこのどこまでも明るい笑顔だなって改めて思う。

「う、うん、そう思うよ……」

「だよな？　俺もさ、今度の練習試合でベンチ入りで名前を呼ばれた時からさ、もしかしたらそうかなー？　とか実はちょっと思っていたんだよなー」

意気揚々《いきようよう》と話す赤城君のテンションを何とか上げたくて、私も必死に応《こた》えようと頑張って言葉を振《ふ》り絞《しぼ》った。

「あ、赤城君ベンチなんだ。そっかぁ……」

ここまで言ってなぜかピタッと止まってしまった赤城君。

あ、あれ？　私ってば変な事を言った⁇

「もしかして『なんだー。ベンチかー。スタメンじゃないんだー』とか思ってる？」

「へっ？　へっ⁉　やっ……べ、別に……」

「まぁ実際、今までベンチばっかだし。最初っから試合に出れたことなんてないからなー」

これはちょっと拗《す》ねてる？　こういう時ってどうフォローすればいいんだろう？

「でも、試合には出たりしているんでしょ？　だったら……」

「おー。もちろん。途中《とちゅう》出場ばっかだけどなー」

「で、でも、凄《すご》いと思う……うん、まだ二年生なのに。凄いよ」

フォローってこういうのでいいのかな？　何が凄いのとか全然わかんないけれど、それでも拗ねた表情からいつも通りの顔に戻っているってことは、これで多分大丈夫？

「柏木ってさ。バスケの試合とか興味ある？」

「えっ？　試合⁇」

「うん、スポーツとか観《み》る？」

うーん……っと今までの自分の興味があることを思い出してみた。

「あんまり観ないかなぁ？　テレビもそんなに観る機会がないから」

「……そっか」

赤城君は人差し指で気まずそうに頬《ほお》を掻《か》くと、そそくさといつも私が宿題を書いているノートを差し出した。

「まっ、この話はもういーや。ちゃっちゃと今日の分の宿題書いちゃってくれ」

「は、はい」

もう赤城君には基本問題はいいだろうと思い、応用問題をメインに今日の分の宿題を書いていく。

それにしても赤城君から話題を切り上げるなんて珍《めずら》しいな。いつもなら私が止めるまでずっと話を続けているのに。

不思議に思いながらも書き上げてノートを渡《わた》すと、それを部活鞄《かばん》に仕舞《しま》い椅子《いす》から立ち上がった。

ただでさえ背が高いのに、座っている私が立ち上がった赤城君を見上げるのは首が疲《つか》れるほど高い。

「よっし、帰るか。今日も正門まで一緒《いっしょ》に行こうぜ」

「う、うん」

私も立ち上がり歩き出した赤城君の背中について行く。

教室から出ると横に並んで歩いてくれた。

「そういや明日《あした》、天気って晴れ？」

「えと……確か晴れだったよ」

「楽しみだな。明日」

「えっ？」

「なっ？」

外は夕暮れ間近だというのに、ここだけは晴天みたいに晴れやかな空気に包み込まれる。私の心がぽかぽかするのが自然にわかる。

「時間ギリギリまでいっぱい遊ぼうなー！」

私の思考をあっさりと奪《うば》う屈託《くったく》の無い笑顔にもう逆らう事なんて出来なかった。だから素直《すなお》に首だけ縦に振って頷《うなず》いた。

明日……どうしよう、楽しみすぎる。

期待と不安でいっぱいの胸を、どうにか赤城君とお母さんにバレないようにするのでその日は精一杯《せいいっぱい》だった。

第7話「初めてのデート」

その日は最悪な一言から始まった。

「美佑？　用意は出来た？」

「えっ？」

一瞬《いっしゅん》、跳《は》ね上がった心臓は今も激しく動き続けている。

自分の部屋で髪《かみ》にクセがないか確認《かくにん》中のとき、お母さんがノックもなしに部屋に入ってきた。

「やだ、美佑ったら説明会にそんな格好で行くの？　せめてデニムはやめなさい」

「えっ……？　説明会？」

ギュッと握《にぎ》った携帯《けいたい》には赤城君から朝送られてきていたメール画面がそのままだった。

そこには『今から朝練行って来るー。昼から遊びに行くの楽しみだな』っという嬉《うれ》しすぎるメールが送られてきてて、何回も眺《なが》めていたから。

「美佑ったらどうしたの。この前渡《わた》した塾《じゅく》の封筒《ふうとう》の中身、見なかった？　今日の十三時から夕方まで説明会と学力診断《しんだん》テストがあるって書いてあったでしょ？」

さ――……っと、全身の血の気が引いた。

急いで外していた眼鏡《めがね》をかけて、机の上に置きっぱなしにしてあった塾の封筒の中身を出した。

「そ、そんな……」

様々なカラーのパンフレットや束になっている紙と一緒に挟《はさ》まれていたのは塾の説明会の日にちと時間、そして試験の内容に持ち物……

その用紙には間違《まちが》いなく今日の日付と開始時間が記載《きさい》されていた。

「何？　まさかあなた見ていなかったなんて言うんじゃないでしょうね？　一体その格好は何？　どこに行こうとしていたの!?」

お母さんの語尾《ごび》がだんだんと強くなっていくのはわかっていたけれど、私の頭の中は赤城君との約束をどうしよう!?　という考えだけだった。

「美佑!?　聞いてるの？」

お母さんの声が今度はハッキリと耳に届いた。

「わ、私……」

〝今日はお友達と約束があるの〟たったその一言なのに、お母さんの顔を見てしまった途端《とたん》、言葉は勢いを無くし、言えなくなってしまった。

「どうしちゃったの、美佑。塾の書類、ちゃんと渡したでしょ？　どうして見てなかったの？今のあなたにとって大切なことでしょう？　試験対策、まさかしていないなんてことはないわよね？　この診断テストでどこのクラスに入る事になるか決まる大事なテストなのよ。わかってる？」

「……」

私の無言の反応をどう受け取ったのかわからないけれど、お母さんは何も言わず扉《とびら》の前で立ったまま私を見ている。

そんな私が真っ先に出た言葉は……

「お母さん……ど、どうしても今日行かなきゃ駄目《だめ》？」

「何を言っているの？　当たり前でしょう！　言いなさい。どこに行こうとしていたの？」

その強い言い方に畏縮《いしゅく》してしまった私は、もう逆らう事はせずに今日の赤城君との約束をそのままお母さんに話した。

もちろん遊びに行く相手は男の子だとは言えなかったけれど。

「お友達には理由を言ってキャンセルしなさい。遊びになんていつでも行けるでしょ？　塾は今日しかないのよ」

お母さんはそう言い付けて私の部屋から出て行った。

「簡単にキャンセルとか言うけど……」

悔《くや》しくてつい言ってしまった。

今まで私が友達と遊びに行く日なんてなかったことは知っているはずなのに、あんな事を言えるんだ……お母さんは。

でも確認していなかった私が悪い。

「ゴメンね……赤城君」

気付いたら涙声《なみだごえ》になっていた私。

半分泣きながら塾の事を理由に、今日の約束はキャンセルすることをメールした。

「はぁ……着いた……」

塾に行く事になった途端ご機嫌《きげん》になったお母さんに見送られて、重い足取りのまま電車に乗り、辿《たど》り着いたのはテレビのCMで毎日のように流れている有名な塾だ。

コンクリートの塊《かたまり》で重苦しい雰囲気《ふんいき》の縦長のビル……ここに来る人ってきっと勉強しか取り得の無い私みたいな人間が集まっている場所なんだろうな。

朝の浮《う》かれた気分はどこにいってしまったんだろう。

結局私はどこまでも地味で暗いヤツなんだ。

「はぁ……」

ため息を一つついてずっと握っていた携帯をチェックした。

着信音が鳴っていないから電話もメールも来ているはずがないのに、どうしても見てしまう。

赤城君からの返事はまだない……時間はもう少しで十三時になるところ。

もう携帯のチェックは出来ないな。部活は終わっているはずだから、メールをチェックするくらいは出来ると思うけれど……

もしかして怒《おこ》ってるかな？

突然《とつぜん》キャンセルされたら誰《だれ》だって嫌《いや》な気分になるよね。

私、嫌《きら》われたかな……

胸の奥から重くのしかかる暗い気持ちに、どうにか保っている平静さは押しつぶされそうになる。

嫌だな、行きたくない。

進もうとした足は止まってしまった。

説明会までもう時間がないからビルの中に入らなきゃいけないのに、私の足は動かない。

はぁ……と、どうしようもないため息を吐いた時、片手に持っていた携帯電話の着信音が鳴り響《ひび》いた。

全身で驚《おどろ》きながらも急いで携帯を見た。着信音はメールじゃなくて電話だ。

携帯を落としそうになりながら通話ボタンを押した。だって着信名は、怒っているのかもしれないっと思っていた赤城君だったから。

「も、もしもし!?」

『よかったーっ!!　出た！　ギリギリか？』

向こうも急いでくれていたのか息切れをしていた。

しかも電話の向こうはうるさい声でいっぱいだ。

「ごめん！　今日私……」

『いや！　俺の方こそゴメン！　今までずっとミーティングしててさ、メールに気付くの遅《おそ》くなった!!　待ち合わせ時間に間に合わねー！　ってスッゲー焦《あせ》ったー』

「あっ、でも……」

『んーっ。メール見た。それならしょうがねーから、気にすんな』

「でも……」

続きを言いかけた時、赤城君の向こうからは騒《さわ》がしい声が聞こえてくる。

その声は大きいから何を言っているのかすぐにわかった。

『大地、やっさしーいっ！』『いーなー！　いーなー！　俺も女子と遊びてぇーっ!!』と、なにやら赤城君を囃《はや》し立てるような声が飛び交《か》っている。

もしかして、今赤城君のいる場所って……

『わりー。後ろ、うるせーよな。まだ部室なんだよ。マジで今終わったところだから』

やっぱり！　バスケ部の部室で電話をしてくれているんだ！

この事実に急激に勢いをなくした私は黙《だま》り込んでしまって、何か喋《しゃべ》らなきゃ！　と思うのに、声が全然出てこなかった。

『つーか、お前時間大丈夫《だいじょうぶ》？　説明会ってやつ、もう始まっちゃうんじゃねーの？』

赤城君の声に急いで腕時計《うでどけい》を確認《かくにん》すると、開始時間の五分前になっていた。

「わっ！　そ、そう！　もう始まっちゃう!!　受付、い、行かないと！」

『マジか!?　じゃあ、説明会も試験も終わったら連絡《れんらく》くれよ』

「えっ？」

『終わってから遊びに行きゃいーじゃん。都合悪い？』

赤城君の言葉に耳を疑いそうになったけれど、空耳なんかじゃない。

また、会おうって言ってくれている！

「全然!!　都合悪くない!!」

『よっしゃ！　じゃーまた後でな！　試験頑張《がんば》れよ！』

「うんっ！」

心が晴れやかになるってこういうことを言うんだろうか？

さっきまでの暗い気持ちはどこに行ったんだろう……今なら全く動かなかった足も躊躇《ちゅうちょ》なく前に踏《ふ》み出せる。

ビルのガラス扉に映っている私の顔は、自分でも驚くほど満ち足りた顔をしていた。

本当、私ってば単純だ。赤城君の言葉一つでこんなにも気分の浮き沈《しず》みが激しくなるなんて
……

でも、今ならどんな無理難題を出されても簡単に解けちゃいそうなそんな気分なんだ。

「すみません。受け付け、お願いします」

受付にいる職員の人が相手なのに、声も弾《はず》んでいる。

私は職員の人から説明会の場所を教えてもらうと時間がないから駆《か》け足で向かい、本当に時間ギリギリに教室に到着《とうちゃく》した。


着いた教室には学校のクラスの人数と変わらないくらいの男女達がいる。

空いていた席に座り、塾《じゅく》の講師から説明を受ける事三十分。

それから間もなくして学力診断《しんだん》テストが始まった。

配られたテストを前の席の子から受け取り、小さく深呼吸して目の前にあるテストに集中する。赤城君に応援《おうえん》してもらったんだ。頑張らなきゃっ！

何の予習復習もせずにテストを受けるなんて初めてのことだったけれど、各三教科の診断テスト……精一杯《せいいっぱい》やり切ったと思う。

テストに集中していた時間はあっという間に過ぎ去って、気付いたら夕方になっていた。

三教科目の数学のテストを終えた時、窓から見た景色は深い橙色《だいだいいろ》に染まっていた。ビルとビルの間からは夕日が見え隠《かく》れしていたから、かなりの時間が経《た》っていることが想像出来る。

こんなに待たせるなんて悪い事したたな。待ちくたびれちゃったかな……

そう沈んでいると、塾の講師から今日はもう終了《しゅうりょう》の声がかかる。

講師のその言葉を聞いた後、すぐに立ち上がりテストが行われた教室を誰よりも早く出た。

早歩きで階段を駆け下りて鞄《かばん》から携帯《けいたい》を取り出す。

そして、赤城君に電話をした。早歩きだからか緊張《きんちょう》からかはわからないけれど、息を乱しながら携帯を耳に当てる。しばらくのコール音の後に電話は繋《つな》がった。

「も、もしもし？　赤城君……」

『う……ん』

あれ？　テンション低い？　っじゃなくって、この声のトーンは聞いた事がある。

「あの、赤城君……もしかして、寝《ね》てた⁇」

『あー……寝てた』

やっぱり、当たりだ。

『今、何時～……？』

ゴソゴソと布同士が擦《こす》れ合う音がする。お布団《ふとん》の中から電話しているのかな？　想像したらちょっと可愛《かわい》いかも……。

「もうすぐ五時だけど……あの、今からとか大丈夫なの？」

『おー。俺は全然大丈夫。柏木は？　門限何時だっけ？　確かあったろ？』

門限……そうだ、お母さんに言っておかなくちゃ。

「大丈夫。ちゃんと言っておくから」

『そっか。じゃ家出るわ。約束してた場所で待ち合わせでいい？』

「うん！　大丈夫！」

『んじゃ、またあとで』

そして電話を切った私は少し考えた後、お母さんの携帯に電話をかけた。

こんな事をお母さんに言っちゃうのは初めてだ。

凄《すご》くドキドキしてる。

背中の汗《あせ》はきっと冷や汗。

コール音はすぐに通話に切り替《か》わった。

『美佑、お疲《つか》れ様。テストどうだった？』

電話を取ったお母さんに緊張気味に話しかける。

「今から塾のフリースペースで勉強して帰るから遅くなってもいい？」

こんな嘘《うそ》、初めてついちゃった……。

私の話を聞いたお母さんはもちろん怒るはずがなかった。

これがもし、遊んで帰る。なんて言ったらどんな返事が返ってくるかわからない。しかも男の子とだし……。

でも、ちゃんと連絡したから大丈夫。この嘘はきっとバレない。

帰りが遅くなる許可をもらった私は急いで駅へと向かった。待ち合わせの駅はここから二つ先の駅だ。

今から胸の高鳴りが止まらなかった。

電車は私がホームに辿《たど》り着いたと同時に到着し、いけないことだとわかりつつも飛び乗った。

少し上にあるつり革《かわ》を両手で持ち、乱れた息を整える。

何かに向かってこんなに急いだ事なんてもう随分《ずいぶん》としていない。そんな自分が不思議でしょうがなかった。

でも、景色が過ぎ去る電車の窓に映る自分の顔は、見たことがないくらいいきいきとしている。

そして急いだ証拠《しょうこ》にボサボサになった自分の髪《かみ》の毛《け》……

一つに結んでいたとはいえ、頭頂部は短い毛が所々で逆立っていた。

「うわっ……やだっ」

慌《あわ》てて手櫛《てぐし》で直すも、どうにも纏《まと》まらない髪。

結んでいたヘアゴムを解《ほど》き、真っ直《す》ぐなストレートの髪にした。

窓に映るのは学校とは違《ちが》う自分の髪形《かみがた》。

今日、これで会ってみようかな……幸い、私の髪質は真っ直ぐでクセ毛はない。赤眼鏡《めがね》は今からどうすることも出来ないけれど、せっかく遊びに行くんだ。

服装も地味でアクセサリーも何にもつけていないから地味子には変わりないけれど、せめて学校とは違う私を見せたい。

凄く気恥《きは》ずかしい気持ちを感じながらも、到着した駅のトイレに寄り、櫛は持ち歩いていないから手櫛で髪形を整えて私は待ち合わせ場所へと向かった。


階段を一歩一歩降りるたびにドキドキは止まらない……

赤城君、もう来てるかな？

背が高いから待ち合わせ場所に立っていてもすぐわかるよね。

それともまだかな？　まだだったらどうやって待っていよう？　そうかもう着いたって連絡すべき？

そんな事を一人で考えてると、降りた階段のすぐ向こうに周りより頭一つ抜《ぬ》きん出た短髪《たんぱつ》の赤城君の頭が見えた。

「いた……」

勝手に独り言を漏《も》らすと、赤城君の姿を確認した私の胸の内はあり得ない位の緊張に包まれた。

ここまで全く何のイメージもせずに辿り着いてしまったものだから、声をかけようにも何てかけたらいいのかわからなかった。

改札を抜けたところで柱にもたれ掛《か》かっている赤城君の後ろ姿。

それは初めて見る私服姿だ。服装はイメージ通りのカジュアルな格好で重ね着のシャツにカーゴパンツ姿。

だけど、周りより背が高くて私服姿の赤城君は大人っぽくてとてもじゃないけれど同じ歳《とし》には見えない。

あぁ……やっぱりもっとちゃんとオシャレをしてくればよかった……

深く落ち込んでいると、キョロキョロと辺りを見回しだした彼が後ろに突然《とつぜん》振《ふ》り返った。

「あっ！　いた！」

改札の前に立っていた私を確認《かくにん》した赤城君は私とは違う大きな声を出して笑顔《えがお》で迎《むか》えてくれた。

その笑顔を向けられると、目は見開いちゃうし全身でビックリもしてしまう。

でもそんなことはおかまいなしに赤城君は私に近づいて来てくれた。

「お疲れさん。テストどうだった？」

「あ、赤城君もお疲れ様……し、試験は……うん、何とか大丈夫《だいじょうぶ》だったと、思う」

「そっか。まぁ、柏木なら大丈夫だろ。それより終わってすぐに来たんだろ？　腹とか減ってねぇ？」

会った途端《とたん》に止まらない赤城君の話に私の脳内はついていくので精一杯だ。

えっと……こういう時はどうしたらいいんだろう？

友達と会った時には何か食べに行ったりするもんなんだろうか？

それともすぐに目的の場所に遊びに行くの？

でも、最初の予定はまずは牛丼《ぎゅうどん》を食べに行く予定をしていて……

でも、それは私の塾《じゅく》のせいでキャンセルになったから……

そんなことを下を向いてグルグルと考えていたら、そばに大きな影《かげ》が出来たのがわかった。

不思議に思い頭を上げると、目の前には同じ目線にキョトンとした赤城君の顔がある。

「わっ！　な、なな何……!?」

「んっ？　いや……何かいつもと雰囲気《ふんいき》違う？」

「へっ？　そう？　し、私服だから？」

それを言うならお互《たが》い様だけど……っと思っていたら、赤城君は大きな口を開けて何かに気付いた顔をした。

「あっ！　髪形!!　いつもは結んでいるのに今日は真っ直ぐ！」

そう気付くと赤城君は私の肩《かた》にかかった髪を触《さわ》り始めた。

「結構長いじゃん。下ろすと全然雰囲気が変わるんだなー。すげー！　別人！」

至近距離《きょり》にある赤城君の顔に、私の顔の横にはずっと髪を触っている大きな手。こんな試練、突然《とつぜん》すぎる……どう対応していいのかわからない。

「いーじゃん！　似合《にあ》う！　それにサラサラー。ずっと下ろしときゃいいのに」

「そ、それは勉強の邪魔《じゃま》になるから」

「なるほどなー。お前らしいわ」

ヘラッと笑って離《はな》れた赤城君の手と顔。

あぁ……なんて可愛《かわい》くない返事をしてしまったんだろう。せっかくサラサラだって言ってくれたのに。

勉強の邪魔だなんて全然女の子らしくない。それにお前らしいとも言われた。

やっぱり赤城君にも私はそういう風に映っているんだな。

やっぱり括《くく》りなおそうかな……っと思って髪に伸《の》ばした左手。

だけどその手は赤城君の大きな右手で握《にぎ》り締《し》められた。

「へっ!?　えっ??　えっ!?　な、何っ!?」

「何って……いつまでもここにいる方が時間がもったいないし、さっさと遊びに行こうと思って手、繋《つな》いでるんだけど」

確かにそう。赤城君は私の手を握り締めている。

そして、そのまま歩き出そうとしている赤城君に私は踏《ふ》ん張って抵抗《ていこう》してしまった。

「どう、どうし、どうして!?　手……」

「どうしてって。お前、迷子になりそうだから？」

そんな疑問系で言われても返事に困る。

口をパクパクさせながら固まっていると……

「柏木、こんな時間に遊びに行ったこと滅多《めった》にないんだろ？　この時間帯、すっげー人が多いから離れないように手、握っててやるよ」

っということみたい。

「うはっ！　手、ちっせー!!」

私の手を何度も握って遊んでいる赤城君。私はもう口から湯気が出そうなくらいに脳内が沸《ふっ》騰《とう》中だ。

「早く遊びに行こうぜ。悩《なや》んでる時間がもったいねーや。いい？」

「う、うん！」

手を繋いだまま赤城君の隣《となり》を歩いてそのまま駅からゲームセンターへと向かった。

赤城君の言うとおり、この夕方の人混《ひとご》みは慣れない私には辛《つら》いものだった。

自分の家がある駅と学校がある駅しか使ったことのない私は、遊ぶ施《し》設《せつ》がたくさんあるこの駅に来たことがまずなかったから。

周りを見れば同じ歳くらいの子達や少し年上の大学生くらいの人達が多い。

そんな中に自分がいることが不思議だった。

一人じゃ絶対来れない場所だ。

でも、赤城君がいるから怖《こわ》くない。

今はもうドキドキとワクワクが止まらなかった。

足の長さが全然違《ちが》うから、赤城君はゆっくり歩いてくれているつもりでも私は早歩きになって隣を歩く。

すれ違う人達にぶつからないか心配だったけれど、赤城君がしっかりと手を握ってくれて引っ張ってくれたからその心配は無くなっていった。

「ねぇ、ゲームセンターって確か未成年は時間制限なかった？」

「うわっ。そういう事は知ってるんだなー、お前」

心の中で「しまった！」と後悔《こうかい》した。

どこまでも面白《おもしろ》みのないやつで真面目《まじめ》……とか思われちゃったかもしれない……

「大丈夫、大丈夫。ちゃんと遅《おそ》くなりすぎないように帰りは送るから。今から帰りの心配なんかすんなよー」

赤城君は目を細めて笑いながらあっさりと「送ってくれる」と宣言してくれた。今日は家までずっと一緒《いっしょ》にいてくれるっということだよね？

私の心臓……煩《うるさ》いくらいに鳴り続けている心臓は家まで持つのだろうか？

そんな馬鹿《ばか》な心配をしていた。

それから連れてきてくれたのは、さすがの私でも知っている総合アミューズメント施設だった。

よく芸人さんとかがテレビのCMに出演しているから見たことはある。

「ここ、なんでも揃《そろ》ってるからずっと遊べるんだよ。時間があればゲーセンだけじゃなくて他《ほか》にも遊びたいんだけどなー」

「ご、ごめんね」

それは私に門限があるから気を遣《つか》ってくれているんだ。

本当に申し訳ない……

「まっ、いーじゃん。それはまた次の機会にしようぜ。なっ？」

その言葉を聞いて上を見上げる。

赤城君はいつでも笑って次の約束を作ってくれる。

それが、本当に嬉《うれ》しい。

「うん。次……」

しっかりとその約束を胸の中に大切にしまっておいた。

「よっし。まず、何やる？　俺、クレーンゲーム結構得意だけど？」

「嘘《うそ》！　本当!?　み、見たい！　取れるところ！」

「任せろ！」

そう言うと、赤城君はこのゲームセンターには本当に通い慣れているみたいで、迷うことなくお目当てのクレーンゲームの場所まで私を連れて来てくれた。そのクレーンゲームの景品は手のひらサイズの真っ白な子猫《こねこ》のヌイグルミ。

一目見て気に入ってしまった。

「か、かわ、かわ、可愛い……!!」

「可愛い？　こういうの好きか？」

問いかけてくれたから返事の代わりにブンブンと首を縦に振《ふ》る。

私のその姿を見て赤城君は笑うと「じゃ、まずこれな」と言って、財布《さいふ》からお金を取り出す。

「あっ、お金……」

「いいって。今日は俺の奢《おご》りって約束したろ？」

そういえばそうだった。

勉強を見てもらってるお礼として今日は全部奢ってくれるって約束した日に言っていた。

いいのかな……？　と思いつつ、せっかくの厚意《こうい》なので大人しく頷《うなず》いておいた。

それにしても店内が店員さんのアナウンスやゲーム機の音楽で騒《さわ》がしいせいか会話をするたびに赤城君の顔が近づいてくるから、顔の熱が異常な位上がっている。

手も顔も汗《あせ》と熱さが止まらない。手で顔にパタパタと風を送っている間に赤城君は小銭《こぜに》を入れてクレーンゲームを始めた。

山積みに盛られているふわふわモコモコの子猫のヌイグルミ。

一見、簡単に取れそうだけれどなかなか落ちてくれないのがクレーンゲームだ。赤城君は色んな角度からアームとヌイグルミの位置を確認《かくにん》すると、「ここだ」と言ってボタンを押した。

「わっ!! 凄《すご》い! 取れた!!」

一回でアームに掴《つか》まったヌイグルミ。取れた景品が穴に落ちると赤城君は拾って私にくれた。

「やったー。一回で取れた」

「凄い! 凄いよ! 一回で取れちゃうなんて! 赤城君、凄い!」

赤城君は満更《まんざら》でもない笑顔《えがお》で頬《ほお》を指先で掻《か》いている。

私は貰《もら》ったヌイグルミを大切に両手で持つと、キーホルダーになっていることに気付いた。

「キーホルダーになってる……」

「あぁ、小さいヌイグルミの景品はキーホルダーになっていることが多いよな。それにしても何のキャラクターだ? コレ。女子の間で流行《はや》っている物とか全然わかんねーや。マジでこんなのでよかった?」

赤城君はキーホルダーのチェーンの部分を持つと、私の前でプラプラさせる。

寝転《ねころ》んだ姿で前足で顔を掻いている子猫の仕草はとても愛らしかったし、私にとっては流行り物とかそんなことはどうでもいい。

赤城君が取ってくれて私にプレゼントしてくれたという事が嬉しかったんだから。

「うん。これがいい。ありがとう、赤城君」

ぎこちない笑顔で手を差し出し、キーホルダーを受け取る。

「まっ、お前が気に入ってくれたんならいいや」

受け取ったのとは反対の手を取って、赤城君はまた歩き出した。そして貰ったキーホルダーを見つめて、私はあることを思いついた。

「これ、学校の鞄《かばん》に付けちゃおう……」

「んー？　何か言ったか？」

「な、何でもない！」

「そっ？　あっ！　次はアレにしようぜ！　バスケのフリースローのやつ！」

赤城君が次に選んだのは、バスケのゴールといくつものバスケットボールが用意されてあるゲームだった。

「これ、バスケ部の奴《やつ》らと来た時に誰《だれ》が一番入るかいつも勝負するんだよ」

「そうなの？　赤城君、いつも勝ってるの？」

「……ビリには……なったことはないけど」

「一番はないの？　もっと上手《うま》い人がいるんだ」

「……柏木ってさ、たまにサラッと言い辛《づら》い事、聞くよな」

「えっ？　嘘！　ごめん!!」

どうもコミュニケーション能力が低い私。赤城君は少しショックを受けた顔でゲームを始めた。

私の手なんかじゃ両手を使っても大きいボールを赤城君は軽々と持ち、お手本みたいなシュートフォームで次々とフリースローを決めていく。

リングは固定されてなくて一定時間が過ぎると左右に動くという、見てるだけでもとっても面白いゲームだった。

「これ、動きだすと難しいんだよなー！」

「でも、入ってるよ！　凄い！　凄い！　頑張《がんば》って！」

隣《となり》で煩いくらいに騒いじゃっている私。

こんなに大声を上げて応援《おうえん》したのは初めてかもしれない。

でも、残り時間が少なくなっていくタイマーを見ていると、どうしても声を出して応援せずにはいられなかった。そして数字はゼロになり、ゲームは終わった。

「うわっ！　マジで⁉　自己新だ！」

「えっ？　本当⁇　おめでとう！」

私よりも驚《おどろ》いていたのは赤城君だった。

そして嬉しそうに笑って私の方を向いてくれた。

「柏木が隣で応援してくれたおかげかも」

ゲームセンターは煩《うるさ》いから近寄ってきて耳元のすぐそばで言ってくれた言葉に盛大に反応してしまった私。

ただ、本当に凄いと思って応援していただけなんだ、私は。

なのに、こういう風に言ってもらえるのって凄く凄く嬉しい。

「証拠《しょうこ》写真〜。明日《あした》、大和達に見せよっと、自己新達成したぞーって」

スマホを使って自己新の数字を写真に撮《と》っている赤城君。

その姿は本当に嬉しそうだった。

「いいね、バスケットって」

「えっ⁉」

私の言葉にスマホをポケットに戻《もど》していた赤城君が、今度は盛大に反応して私の手を握《にぎ》りしめてきた。

「マジで？　好きになりそう⁉」

「え、えと……好きっていうか……今の赤城君を見てて、凄く面白《おもしろ》そうだなぁっとは思った……よ？」

私の言葉一つ一つに目をキラキラと輝《かがや》かせて、視線さえも逸《そ》らさないその表情に圧倒《あっとう》されて後ずさりしてしまう。だけど、手にはギュッと力が込められて足は止まってしまった。

「じゃあさ、今度の練習試合。観《み》に来ないか？」

「その練習試合って……赤城君がベンチ入りしたっていう？」

「スタメンじゃなくて悪かったな」

「わわっ！」

慌《あわ》てて繋《つな》いでいない方の手で口を塞《ふさ》いだ。もう赤城君はこんな私の言動に慣れたのか、不機《ふき》嫌《げん》にならずに笑ってくれている。

「本物の試合はこんなゲームじゃなくってもっと面白いんだよ。試合は俺らの学校でやるし、三上や大和の彼女も応援に来るって言ってたから一人じゃねーし。絶対楽しんでもらえると思うけど」

試合……赤城君も出るのかな？

でも、この前言っていたよね。途中《とちゆう》出場が多いって。

それなら観てみたい。赤城君が大好きなバスケットをする姿を。

「……うん。行く。私なんかが行ってもいいのなら」

私のこの言葉を聞くとガッツポーズをしてとても喜んでくれた。

「当たり前！　誘《さそ》ってんの俺なんだから！　前も誘おうと思ったんだけど、バスケあんまり興味ないって言ってたろ？　だから無理だろうなーっと思っていたから。あー！　よかった!!」

顔をくしゃくしゃにして笑って言ってくれて、また顔に熱が集まる。

まさか私を誘おうとしてくれていたなんて思いもしなかった。

でも、赤城君は優《やさ》しいから……

こんな私でも色んなところに連れて行ってくれるような人だから、誘ってくれても不思議じゃないって思っていた。

「試合の時もさっきみたいな応援頼《たの》むな」

さっきみたいな応援って……

あの大声で「頑張れ！」とか言ってしまったやつ⁉

そんなの無理だ！

広い体育館で他《ほか》のクラスの人達がいる前で叫《さけ》べるわけがない！

「む、無理無理無理無理‼　大人しく観てるから！」

「えー、何でー？　試合観に来る意味ないじゃん」

「心の中で応援しておく……」

「俺、テレパシーの能力なんて持ってないから聞こえねーよ。だから、大声で応援よろしくな」

「……っ‼　そ、その前に佐々木先生のテスト！　合格したらね‼」

「……げっ。忘れてたのに」

そんな会話をしながらゲームセンター内を歩いた。

しかも手を繋いでいることが当たり前のようになっていて、繋いだ時の緊張《きんちょう》はいつしか安心に変わっていた。

次に何をするか色々と見て回っていた時、定番中の定番のプリクラがあった。

なぜか赤城君はすっごく撮りたがっていて、何度も何度も誘われたけれど私は断固として首を縦に振《ふ》らなかった。

だって、こんな私と赤城君が並んでプリクラを撮るなんてとんでもない話だ。

もし撮ったとしてそれを見た時、きっと自分の地味さとダサいところに落ち込むに決まっている。

自分がもっと可愛《かわい》くて華《はな》があってオシャレなら、一緒《いっしょ》に撮りたかったけれど。

「しょーがねーや。また今度な」

また今度……こんな次の約束もしてくれるなんて、本当、赤城君って不思議な人だ。

それからもたくさんのゲームを一緒にした。

大きな太鼓《たいこ》を音楽に合わせて叩《たた》くゲームや、私でも出来るお菓子《かし》がたくさん取れるクレーンゲームに、演出がかなり派手なメダルゲーム。

見るもの触《さわ》るものが全《すべ》て新鮮《しんせん》で、私はすっかり夢中になって遊んでしまい気付けば時間は六時を回りそうになっていた。

楽しい時間はあっという間だった。

「もうこんな時間かー。柏木、帰らなきゃやべーよな？」

スマホの時計を見ながら赤城君が気を遣《つか》ってくれる。

普通《ふつう》ならこの時間でもみんな遊んでいるものなのかな？　周りを見渡《みわた》しても、同じ歳《とし》くらいの子はまだまだ遊んでいる。

いいな……羨《うらや》ましい。

「そろそろ帰るか」

「……うん、ごめんね」

申し訳ない気持ちでいっぱいだ。きっと赤城君はまだまだ遊び足りないと思うもん。

「いや、謝るのは俺の方だから。説明会とかテストで疲《つか》れてるのに無理言って来てもらったんだもんな。悪かった」

いつも凛々《りり》しい眉《まゆ》は情けなく下がっていて、それが赤城君が本当に悪かったと思っているとちゃんと感じられた。

赤城君は悪くない。

悪いのは今日の予定を浮《う》かれすぎてキチンと確認《かくにん》していなかった私の完全なミスだ。

「違《ちが》うの。悪いのは私だよ。塾《じゅく》の説明会のことお母さんから聞いていたのに日付をチェックしていなかったから」

「いやいや。強引《ごういん》に誘ったのは俺だし」

「でも、今日はちゃんと約束もしていたのに、私のせいでこんな事になっちゃって……」

「いやでも明日でもいいのに、今日がいいって言ったの俺だろ?」

「そんなの、私だって……!」

「あのさ、柏木。これ、永遠に終わらねーぞ? この会話」

「……あっ」

お互《たが》い顔を見合わせて笑ってしまった。

謝り合いっこで譲《ゆず》らない私達の会話に終わりなんか見えなくて。

喋《しゃべ》りだした時はゲームセンターの中央にいたのに、気付けば出入り口の自動扉《とびら》まで歩いていた。

「まっ、次はもっとゆっくり遊ぼうぜ。カラオケとか行く?」

「わ、私……音痴《おんち》だと……思う」

「うはっ! じゃあ、音程の外しっぷりを期待してるから」

からかう赤城君に情けない声で抵抗《ていこう》することしか出来なかったけれど、ゲームセンターの帰りもずっとこの調子でお喋りをして、手もはぐれない様にずっと繋いでくれていた。

赤城君が初めてプレゼントしてくれた子猫《こねこ》のキーホルダーは鞄《かばん》の中に大切にしまってある。

それを何度も赤城君には見つからないようにこっそりと眺《なが》めながら、二人で駅に向かって歩き出した。

第8話「初めての反抗」

二人で初めて遊びに行ったゲームセンターの帰り道。

夜の六時を回っていても、初夏の今は夕日の時間はまだまだ長い。

だから一人で帰れると思ったから家まで送ってもらうのはいいっと断ったのだけれど、赤城君は送ると言って聞かなかった。

嬉《うれ》しいけれど、私と赤城君の家は反対方向だ。凄《すご》く申し訳なかったのだけれど、もう少し一緒に過ごせることがめちゃくちゃ嬉しかった。

休日だから平日よりは混雑はマシな電車の中。たまたま空いていた二人用の座席に座り、一息ついた。

「はぁ……楽しかったぁ……」

「マジで？　よかったー。俺一人楽しんでいたらどうしようかとちょっと不安だった」

座っていても目線はずっと上の彼を見上げた。

電車の二人用の座席は思ったより身体《からだ》が密着する。

さっきまで手を繋《つな》いでいたのが嘘《うそ》みたいに、私は赤城君を意識してしまった。

……どうしよう。

さっきまであんなに自然に喋れていたのに、密着して座っていると意識しだした途端《とたん》、頭の中は真っ白になった。

会話が上手《うま》く繋げられなくて、せっかく赤城君が喋りかけてくれているのに全然ちゃんとした返事が出来ない。

出発した電車の振動《しんどう》で揺《ゆ》れるたびに触《ふ》れる腕《うで》同士が気になって仕方がない。

こんな状態でよく手を繋げていたなって自分でも思う。

何か……何か喋らないと……勿体《もったい》無い。

せっかく二人で初めて帰ることになったのに。

会話の糸口を探すべく視線を彷徨《さまよ》わせた。その時、座っている赤城君のズボンのポケットから見えたのは細い黒のコード。

「赤城君、これ何？」

「んっ？　これ？」

ポケットの中から取り出したのは以前も見たことがある手のひらサイズの薄型《うすがた》のオーディオプレーヤーとイヤフォンだった。

「それ、学校の帰りにつけていたイヤフォン？」

「そー、よく知ってるな」

ギクッ!! と、肩《かた》が上がってしまった。

つい言ってしまった、赤城君の帰る姿を見つめていた時のこと。

変な冷や汗《あせ》が背中に流れた。

「いつもこれで音楽聞いてるんだよ。俺の気分転換《てんかん》」

「そ、そうなんだ。何聞いてるの⁇」

誤魔化《ごまか》したくて何とか繋いだ会話。挙動不審《ふしん》だったのバレていないかな?

「聞く?」

「えっ?」

「ほら」

渡《わた》されたのは片方のイヤフォンだった。

何で片方? っと思ったけれど、断る理由もないし赤城君がどんな音楽が好きなのか純粋《じゅんすい》に興味があった。

それを耳にあてると、もう片方は赤城君が耳につけようとしている。

さっき以上に近寄って来た赤城君の顔がすぐそばにあった。

「………………っ!!」

言葉にならない叫《さけ》び声をあげてしまいそうだ!

座っていた姿勢をずらし、私の肩のすぐそばにはオーディオプレーヤーを操作している赤城君の横顔がある。

しかもイヤフォンをお互いの片耳につけ合っているから、コードの分しか距離《きょり》が離《はな》れていない……！

赤城君は自分が何をしているのかわかっているのかな？

もう赤城君の顔は直視出来ない。いっその事、眼鏡《めがね》を外してしまおうか？　と、そんな事まで考えていた。

「俺のお薦《すす》めはコレー」

駄目《だめ》だ、全然意識されていない。

音楽に夢中だもん。こんな気持ちになっているのは私だけなのかな？

イヤフォンから流れてくるのは、今流行《はや》りのバンドの歌で誰《だれ》でも聞いた事がある曲だった。

「知ってるよな？」

「も、もちろん……」

本当、知っている曲でよかった。じゃないと、耳に流れてくる曲は今の私の気持ちの状態じゃ全然入ってこないから。

それにしても顔が近い……この姿勢、あと何分くらい続くんだろう？

もしかして曲が終わるまでかな？

それとも電車が駅に着くまで？

出来る事ならこの曲が終わるまでにしてほしい。

だって、このままじゃ私の心臓が絶対に持たない！

顔はずっと下を向き、口を開ければ荒《あら》い呼吸をしている事がバレてしまいそうで必死に閉じて我慢《がまん》をした。

そんな私に気付いていないのか、隣《となり》の赤城君は普通《ふつう》の態度で私一人だけがずっと緊張《きんちょう》している。

そんな中、終わった曲。やっと息が出来る……と思ったら、

「次、この曲知ってるー？」っと、また操作を始めて次の曲を流しだした。

ま、まだこの状態が続くの⁉

これは会話をしている時よりも、ずっと気まずいし心臓の跳《は》ね具合が半端《はんぱ》じゃない！

結局、私の駅に着くまでずっと聞いていた音楽。椅子《いす》から立ち上がり、離れた私の肩や腕には忘れられない位の赤城君の体温と感触《かんしょく》がずっと残っていた。

スリッと片手でそこを擦《こす》ってみる。

仄《ほの》かに残る体温に、私の頬《ほお》だけは熱を高めていた。

「出口どっち？」

そう言いながら赤城君は私の少し前を歩き始める。

さっきまでくっついていた分、離れたこの距離がとても寂《さび》しい……っと思いながら、私は少し後ろを歩き始めた。

「こ、こっち……」

右に指を差すとそっちの方向に歩いてくれる。

いつもと同じ通路に階段、そして信号機の下を通っているだけなのにまるで一種のデートコースみたいな特別な道に感じる。

静かな住宅街で少し前を歩く赤城君は、チラッと後ろを振《ふ》り向きながらも私の道案内通りに歩いて家まで送ってくれる。

駅から私の家までは徒歩で約十五分くらいだ。

今、どれくらい歩いたかな？

腕時計《うでどけい》で時間を確認《かくにん》してみたら、門限の六時はとっくに過ぎている。

いつもなら門限が過ぎるのを気にして時間まで急いでいるけれど、今日はいいや。少しでも長く赤城君と一緒《いっしょ》にいたい。

「……なぁ」

「な、何？」

突然《とつぜん》声をかけられて驚《おどろ》いてしまった。

「隣、来ねぇ？」

「えっ？　あっ、後ろだと変⁇」

「いや、そうじゃなくって。また、手繋《つな》いで歩きたいなって」

「はっ……!!　えっ？　えぇ⁇」

歩いていた足も止まった。

今度の手繋ぎは理由なんかない。

初めて行く街だから。

人混《ひとご》みだから。

はぐれないようにするため。

その理由は一つも当てはまらない。

赤城君は、私と手を繋いで歩きたいって、そう言ってくれているんだ。

「……やっぱ恥《は》ずかしいか？」

赤城君は軽く笑うと首の付け根を掻《か》いて恥ずかしそうに笑う。

その後ろ姿が視界に映る。私は赤城君の言葉と行動が嬉《うれ》しくて……

恋愛《れんあい》初心者で地味な私でもこんな時、どうすればいいのかはわかる。

きっと今、勇気を出さなかったら後悔《こうかい》するよね？

目を瞑《つぶ》って小さく深呼吸をして、早歩きで赤城君の隣に向かった。

私が隣に来たことに赤城君は驚いていたと思う。ちょっと離れたから。

でも、手を伸《の》ばして赤城君の左手を弱々しく握《にぎ》った。

大きな大きな左手を……

「私は、恥ずかしくない……でも、赤城君は恥ずかしくないの？　私なんかと手を繋いで……」

弱々しく握っていた手は、急激に力強く握られた。

つい痛みを声に出してしまいそうになるけれど、見上げた先の赤城君の顔を見るとそんな痛みも忘れてしまった。

「全然！　むしろずっと繋いでいたいし!!」

頬を赤く染めて笑顔《えがお》で赤城君は言ってくれた。

もう周りは夕方も越《こ》えて夜になろうとしているのに、そこには昼間の明るい太陽みたいな笑顔の赤城君がいる。

こんな時、自分が眼鏡であることを少し恨《うら》めしく思った。

だってレンズ分しか赤城君の笑顔が見られない。

コンタクトならもっと広くしっかりとその笑顔が見られるのにって。

それでも自然に私も笑顔になる。そして出てきた言葉は……

「ありがとう」っと小さく呟《つぶや》いた。

その言葉には「うん」って返事をしてくれて、なぜか手は離れた。

「えっ？　何で？」

「こっちの繋ぎ方の方がよくないか？」

そう言われてまた繋がれたのは、指と指を絡《から》ませてより密着させた繋ぎ方。

小説で読んだことがある……こ、恋人《こいびと》繋ぎだ。

「あわわ……こんな事されたら、わ、私、手汗《あせ》す、凄《すご》いよ！」

「あははーっ！　大丈夫《だいじょうぶ》！　俺もヤバイ！　マジで緊張してる！」

私と手を繋ぐことくらいでこんなに喜んでくれるなんて、まるでいつも見ている小説の世界みたいだ。

小説の世界では、このまま主人公達は凄くいいタイミングで告白をして両想《りょうおも》いになることが決まっている。それが小説の世界。

でも、現実の世界の私は……

もうこうして大好きな男の子と手を繋ぐ事だけで充分《じゅうぶん》だ。

……幸せ。心からそう思う。

「ふふっ」

「んっ？　どうした？」

一人笑ってしまった私に声をかけてきてくれた赤城君。背の高い彼は首を斜《なな》めに傾《かたむ》けて私の方へと見下ろしてくれる。

「あのね」

「嬉しいことが起こると人間って自然に笑っちゃうんだね。私、赤城君と出逢《であ》ってからいっぱい笑ってるから」

「うん？」

ふにゃふにゃに笑った顔だったけれど、上を見上げて素直《すなお》に自分の気持ちを伝えた。

赤城君には感謝でいっぱい。

私は勉強しか教えることが出来ないのに、たくさんの楽しいことを教えてくれたから。

そう思って見上げた先には、さっきまでの太陽みたいな笑顔の彼はいなくて、頬は赤く染めたまま黙《だま》って視線を泳がせている赤城君がいる。

「……あの？」

変なことを言ってしまったかな？

黙ってしまう彼の反応は珍《めずら》しいから、不安になってしまう。

「ごめん……変なこと言った？　図々《ずうずう》しかったかな？」

「いやっ！　違《ちが》う！　……ごめん。ちょっと上手《うま》く言えねぇ。でも、図々しいとかそんなのとは違うから。俺がヘタレなだけ……」

「ヘタレ？」

「悪《わり》ぃ……言った事も全部忘れてくれ」

右手で後頭部をぐしゃぐしゃに掻き乱す赤城君に少しビックリしてしまったけれど、相当恩い詰《つ》めているようだったからもう何も聞かないことにした。

だって図々しく思わなくていいって言ってもらっただけで大満足だ。

赤城君と一緒にいることを楽しんでいいって言ってもらったんだから。

「あっ、あー柏木ん家《ち》、あとどのくらい？」

いつもの声のトーンで話を変えてくれた赤城君はスマホを見て時間を気にしてくれている。

「あそこの角を曲がったらすぐに私の家……」

もうここまで来たんだ。

早いな……楽しい時間はあっという間だ。

「そっか。家の人、心配してるよな？　俺も一緒に謝るから」

「えっ!?　そんないいよ！　ちゃんとお母さんには遅《おそ》くなるって伝えてあるから大丈夫だから」

ただでさえ、今日友達と遊ぶ事はキャンセルしなさいって言われていたのに遊びに行っちゃって、さらに嘘《うそ》までつき、門限も破って一緒にいたのは男の子だなんてお母さんに知られたら、めちゃくちゃ怒《おこ》られるし何より遊びも携帯《けいたい》さえも没収《ぼっしゅう》されてしまうかもしれない。

それだけは絶対に避《さ》けたい！

「あのっ！　赤城君、本当に大丈夫だから！　それよりここでもう……」

「えっ？　何で？　家あそこの角を曲がったところだろ？　そこまで行くって」

「いいっ！　ここでいいからっ！」

強く言ってしまった言葉と振り払《はら》うように離《はな》した手を見て、さっきまで明るく笑っていた赤城君の顔が一瞬《いっしゅん》で悲しい表情に変わったのがわかった。

私が気付いた時にはもう遅くて、さっきまで繋いでいた手はあっさりと戻《もど》された。

ただ、赤城君とまた遊べるように取ってしまった行動に後悔しかなかった。

だって、今ここで彼の存在がお母さんに知られたら怒られるのは私だけじゃない。きっと赤城君にも迷惑《めいわく》をかける。

そんな事にはなりたくなかっただけなのに……

「あー……ごめん。調子にのった」

一気に空気が変わった私達。

さっきまでの幸せな気分はどこに行ってしまったのだろう？

ぎこちなく最悪な空気が流れている。

「ち、違う。違うの……ごめん、私……」

「俺、帰るな。ごめん、色々と」

来た方向に戻ろうとする赤城君は「次の約束」の事には触《ふ》れず帰って行く。

その後ろ姿を見て繋いでいた手はただ震《ふる》えていた。

悲しいから震えているのかな？

でもしょうがなかった。

これしか方法は思いつかなくて……

あぁ……やっぱりさっきまでのことは夢だったのかな……

ジワッと目に溜《た》まる涙《なみだ》を手の甲《こう》で拭《ふ》こうとした瞬間《しゅんかん》、私の背後から毎日聞きなれた声が大声で聞こえてきた。

「美佑!! やっぱり喋《しゃべ》り声はあなただったのね！ こんな時間までどこに行っていたの!?」

声の方に振《ふ》り返った先には今、一番会いたくなかったお母さんがいた。

しかも慌《あわ》てて出てきたのか、服装はいつものキチンとした服なのに足はサンダル。相当怒っているのがすぐにわかった。

「お、お母さん……」

「帰りがあまりにも遅いから塾《じゅく》に電話したのよ！ 向こうの方が仰《おっしゃ》っていたわ！ 今日、フリースペースに残って勉強をした生徒で〝柏木美佑〟なんて生徒はいないって！ どういう事!?今までどこで何をしていたの!!」

怒《いか》りにまみれたお母さんの声は静かな住宅街に響《ひび》く。

こんなの見世物もいいとこだ。

まだそう遠くに行っていない赤城君にこのお母さんの声は聞こえてしまうかもしれない。

私はお母さんの腕《うで》を取り、家まで帰るように身体《からだ》を向けた。

「お、お母さん、話は家で……」

「当たり前よ！　さっさと家に帰るわよ！　信じられないわ、本当!!」

お母さんの腕を取っていた私の手は、反対に手首を握《にぎ》られて家まで引っ張られた。

どうかこの光景を赤城君に見られていませんように……

目を瞑《つぶ》り、それだけを祈《いの》った。でも……

「待って下さい!!」

お母さんに繋《つな》がれていない私の手首を摑《つか》んでくれたのは、さっきまで繋いでくれていた赤城君の大きな手だ。

驚《おどろ》いて振り返ると、顔は青ざめて私の様子を心配そうに見つめてくれる赤城君の姿があった。

その姿を見て驚いているのは私だけじゃない。私の腕を引っ張っているお母さんも驚いて立ち止まった。

「すみません。聞くつもりはなかったんですけど……でも、俺、知らなくて……

コイツ無理に誘《さそ》ったの俺なんです！　柏木はちゃんと今日の予定はキャンセルしたのに、それでも遊ぼうって誘ったの俺なんです。だから、これ以上柏木の事を責めないでやってください！」

赤城君は高い頭を下げて謝っている。

いつも底抜《そこぬ》けに明るくて、自由で、笑った顔しか見た事ないのに。

私のせいだ。

私のせいで赤城君に謝らせちゃってる……

「違うの！　お母さん、私も遊びたいって言ったの！　それに嘘をついたのは私の判断で赤城君は悪くないの！」

お母さんは私達二人を交互《こうご》に見て混乱しているみたいだった。

赤城君には小声で「バカッ！　俺が謝ってる意味ねーじゃん」って言われてしまったけど。

「美佑……これは一体どういう事？　この男の子は誰《だれ》なの？　あなたまさか、男の子と二人で遊びに行っていたの⁉」

だんだんと語尾《ごび》が強くなっていったお母さんの声。私達を見比べて事態を把握《はあく》したのか、驚いていた顔はまた怒った顔つきへと変わった。

「お、お母さん、あの赤城君はクラスの男の子で……」

「あっ！　俺、実は柏木に数学を教えてもらってて、今日もそのお礼で遊びに……」

その言葉を聞いたお母さんは私のそばに近寄ってくる。

「美佑！　あなた自分の勉強をおろそかにしてクラスの男の子に教えていたの⁉」

「それは……いっ！」

完全に怒りが頂点に達してしまったお母さんは、問答無用で私の腕を引っ張ると赤城君から引き離し、彼に向かってこう言い放った。

「うちの子に近寄らないで‼」

その言葉を聞いて呆然《ぼうぜん》とした赤城君の顔。

私一生忘れないと思う……

私も呆然とした。まさかここまで言われるとは思ってもいなかったから。

「帰るわよ！　美佑！」

簡単に離れた赤城君の手。

私も引っ張られるままお母さんの後をついて行った。

でも、だんだんと……『何で？　どうして？』の感情が湧《わ》いてくる。

嘘をついた私が悪いけれど、どうしてここまでされなくちゃいけないの？

どうしてここまでお母さんの言う事を聞かなくちゃいけないの？

どうして赤城君にあんな事言ったの？

きっと、嫌《きら》われた……

あんな面倒《めんどう》な母親がいる私とはもう二度と遊びたくないって絶対思われた。

私を先に家の中に入らせたお母さんは大きな音をたてて扉《とびら》を閉めた。

そして、玄関《げんかん》に立っている私の頬《ほお》を〃パンッ！〃と音を鳴らして叩《たた》いた。

「美佑、あなた今日自分が何をしたかわかってる？」

初めてお母さんに叩かれた頬を手で押さえた。

でも、痛みも何も感じない。痛いのは心の方がずっと痛い。

「あなた、嘘をついて遊びに行ったのよ？」

「……わかってる」

「しかも男の子と隠《かく》れてコソコソ会っているなんて！」

「今日が初めてだもん……」

「嘘《うそ》でしょ⁉　今までも隠れて会っていたんじゃないの！　言ってたわよね。あの子！　あなたに数学を教えてもらってるって！」

それには何も言い返せない。

でも、別に悪い事なんかしていない。

私にとっては楽しくて大切な時間だったから。

「もしかして断りきれない美佑の事だから無理矢理《むりやり》やらされていたんじゃないの？」

その言葉に虚《うつ》ろになっていた目は見開いた。

「ち、違《ちが》う……私も……私も一緒《いっしょ》に楽しんで……」

「何が〝楽しんで〟なの！　勉強は楽しむものじゃないの！　あなたの将来の為《ため》に必要なことなの！　それをあんな男の子のせいで貴重な時間を無駄《むだ》にして……今日、遊びに行った時間だってそうなのよ⁉　あなたがあの男の子に使った時間で、一体どれだけ後《おく》れを取ったかわかっているの！」

お母さんのその言葉を聞いた時、その行動はやろうと思って取った行動じゃなかった。

気付いたら私はお母さんの肩《かた》を突《つ》き飛ばして涙を流していた。

「み、美佑……？」

私の行動が相当ショックだったのか、お母さんの顔は真っ青だった。

そして勢いをなくした声。私は声を振《しぼ》り絞って訴《うった》えた。

「どうして……どうして駄目《だめ》なの……？　どうして私は遊びに行っちゃいけないの？　どうして勉強ばっかりしなくちゃいけないの？　どうしてオシャレも遊びも、何もかも私は我慢《がまん》しなくちゃいけないの？」

下を向いて泣いているから、流れる涙《なみだ》が眼鏡《めがね》のレンズに溜《た》まる。

こんな赤眼鏡なんかしてるから、みんなから地味子って言われるんだ。

こんなのいらない……

眼鏡を外して玄関に思いっきり叩き落とした。

「美佑！」

「私だってもっと普通《ふつう》がいいの！　普通にお友達と遊んで、普通に恋《こい》もしたいの‼」

ギュッと下唇《したくちびる》を噛《か》んで、流れる涙とまだまだ叫《さけ》びたい衝動《しょうどう》を抑《おさ》えた。

でも、どうしても言いたい事が一つだけある。

「私の事はどう思ってもいい……でも、赤城君の事は悪く言わないで‼」

そのまま玄関から飛び出してしまった私。

後ろからお母さんの声が聞こえたけれど、無視をしてしまった。

飛び出した私は無意識に赤城君が帰って行った方向へと走っていった。

もしかしたら会えるかもって思っていたのかもしれない。

もし会えたら泣いている私を慰《なぐさ》めてもらおうとか、都合のいいことを考えていたんだと思う。

でも、冷静に考えたらさっき私のお母さんに「近寄らないで!!」と言われたばっかりだ……

そんな私が会いに行っても、絶対に迷惑《めいわく》になるだけ。

そう気付いた私はすぐに走る事を止《や》めて立ち止まり、子どもみたいに涙を流して道路の真ん中で一人で泣いていた。

今の時間が人通りが少ない夜でよかった。

誰も私のことなんか気にしていないし、眼鏡がなくなった今、私も周りの景色も何もかもぼんやりで見えない。

でも、家に帰るつもりもない。

私は夕暮れから薄暗《うすぐら》い夜に変わった空を眺《なが》めながら歩き始めた。

「どこに行こう……」

普段《ふだん》出かけるところなんか書店くらいしかない。

「誰か……」

私にはいつも会う女友達なんていない。

「加藤先生……」

家庭教師の加藤先生が思い浮《う》かんだ。

でも、もしかしたら先生も大切な彼女さんと今、一緒にいるのかもしれない。

だとしたら、もし会ってくれたとしても、今の私に恋人《こいびと》同士の仲がいい姿なんて辛《つら》くなるだけだ。

「あそこしか、行くとこがないや……」

眼鏡もない、行くあてもない私が向かった先は、いつも通っているあそこしか思い浮かばなかった。

バスに乗って向かう先はいつものあの場所。

ここしか知らない女子高生って本当、虚《むな》しいを通り越《こ》して笑えてくる。

バスに揺《ゆ》られて眺める窓の景色は、いつもならハッキリと見えるのに眼鏡がないのと夜に向けて暗くなってきた空でどこまでもぼやけて見えていた。

「ここしかないんだよね……」

バスから降りて目的地に着いた。

辿《たど》り着いたのは学校。私は閉まっている正門の前に立っていた。

「今日はもう部活もないのかな？　そういえば運動部は午前で終わりって赤城君が言ってたっけ……」

呟《つぶや》く私の声だけがその場に響《ひび》く。

人がいない学校っていうのは寂《さび》しいもんなんだな……少し前までの私なら、誰もいない教室の静けさが好きだったのに。

「先生も誰もいないのかな？」

正門に手をかけてよく見えない視界で周りを見渡《みわた》してみるけれど、人影《ひとかげ》らしきものもない。

大きなため息をついて俯《うつむ》く。

でもよく考えれば制服も着ていないし、用もないのに学校に来ても入れてもらえるわけがない。そんな事も思いつかなかったなんて、どれだけ浅はかな考えでここまで来ちゃったんだろう。

虚しくなってその場に正門を背中に当てて体育座りをする。

何か暇《ひま》つぶしになるものはないかなっと思い、鞄《かばん》の中を探《さぐ》るけれど塾《じゅく》の帰りだから勉強道具や参考書しか持って来ていない。

「はぁ……」

もう勉強に関係するものは見たくなくて、鞄を道路に少し乱暴に置いた。

すると、ころん……っと揺れる子猫《こねこ》のキーホルダーが目に付いた。

赤城君がクレーンゲームで取ってくれたキーホルダーだ。

まだ新しいのに私が乱暴に道路に置いちゃったせいか、少し汚《よご》れてしまった。

「わっ！　やだ……」

急いで手にとって指先で汚れを払《はら》うけれど、汚れは横に広がるばかりで酷《ひど》くさせちゃうだけだった。

「あぁ……やっちゃった……私って本当、不器用だ……」

キーホルダーを握《にぎ》り締《し》めたまま膝《ひざ》に顔をうずめ、どこまでも落ち込んでいく。

……これからどうしよう。

あんな事を言って出てきてしまった以上、家には帰りたくない。

でもこのままここにずっといるわけにもいかない。

……だけど、頼《たよ》れる人もいないし行く場所もない。

「とりあえず、歩こ……」

ゆっくりと立ち上がり、歩き出したのはいつも帰るのとは反対方向だ。

とりあえず家から離《はな》れたくて、あてもなく歩き出した。

……どれくらい歩いたかな？

歩くスピードは相当遅《おそ》いからそんなに学校から離れていないのかもしれない。

ぼやけた視界で目をキョロキョロさせながらただ歩いていた。

初めて来た道だけれど、私がいつも帰る道とはそんなに変わりなく、ここもひっそりとした住宅街で所々に小さな公園がある。

ただこっちの方が緑のある公園が多くて街灯も多いな……だから夜になった今でもそんなに怖《こわ》くない。

その中で広めの公園を見つけた。

もう夜の七時を回っているせいか人は誰《だれ》もいなかったけれど、ブランコも滑《すべ》り台も砂場もベンチもたくさんある。

「ここでちょっと休憩《きゅうけい》しよう……」

飲料自販機《じはんき》を見つけ、叫びっぱなしで喉《のど》も渇《かわ》いていたからペットボトルのお茶でも買おうと思い、鞄を開けて財布《さいふ》を取り出す。

鞄の中でチカチカと光っているのは、着信があったことを知らせるランプだ。

そういえば歩いている間もずっと携帯《けいたい》は鳴っていた。きっとお母さんだろう。

でも今電話に出たとしても、きっと冷静にお互《たが》い話し合いなんて出来ない。

もう少し落ち着いたらちゃんと帰ろう。

きっとお母さんにはさっき以上に怒《おこ》られる事になりそうだな……

そんな事を思いながら、お茶を購入《こうにゅう》した。

自販機のすぐそばにあったベンチに座り、「ふぅ」っと息をはいた。

結構歩いたな……ちょっと疲《つか》れた。

今日は夕方からずっと歩きっぱなしだったから、足が痛い。赤城君と歩いている時はそんな事一切《いっさい》思わなかったのに。

「楽しかったな……ゲームセンター」

思い出すだけでクスッと笑えちゃう。真剣《しんけん》にゲームなんて初めてやった。あんなに楽しいとは思わなかった。

「……また、行きたかったな」

また目頭《めがしら》に涙が溜まる。ギュッと瞑《つぶ》って我慢した。

こんなことになるのなら、最後にプリクラ撮《と》っておけばよかった。

手の甲《こう》で目を擦《こす》っていると、鞄の中からまた着信を知らせる音がする。

お母さんだろうな……耳障《みみざわ》りな着信音が気になって、鞄の中から携帯を取り出した。

その電話に出ようかどうか悩《なや》みながら携帯の着信画面を見つめた。

でも、着信のその名前を見た途端《とたん》、私は悩むことなく通話ボタンを押す。

だって電話をかけてきてくれたのは……

「もしもし……」

『柏木？　今、大丈夫《だいじょうぶ》？　つーか、お前あれから大丈夫だった⁇　んっ？　何か風の音してねえ？』

私の様子を心配して電話をかけてきてくれた赤城君だったから。

第9話「近づく心の距離」

もうすっかり夜の暗さに覆《おお》われた空の下で、街灯の頼りない明かりに照らされながら一人ベンチに座り、かかってきた電話を取った。

渇いた喉を潤《うるお》すために買ったお茶を飲むのも忘れるほどの嬉《うれ》しさだ……

赤城君が電話をかけてきてくれた。

『何？　お前外にいるのか？』

少し強くなってきたから風の音が聞こえたのかもしれない。

私の様子はあっさりと赤城君にバレてしまった。

「……うん。ちょっと頭冷やすのに外にいるの」

『バッカ!!　何考えてんだ!?　柏木、こんな時間に外に出ることないんだろ？　また親に怒られんぞ！　今、どこにいるんだ!?』

赤城君に怒られた……あの赤城君も怒る事あるんだ。

しかも私の事で。

また、嬉しくて笑いそうになってしまった。

「あのね、えっと……来た事のない公園だからちょっとわからないの」

『はぁっ⁉ 何考えてんだ、お前‼ こんな時間に公園なんかに一人でいると変なおっさんに襲《おそ》われんぞ！』

その言い草にとうとう笑ってしまった。

〝変なおっさん〟って……こんな人が誰もいないこの公園に？

「あはは、大丈夫だよ、私を襲う人なんていないよ」

『バカ言うな！ 何か目印言え！ 今すぐそこに行くから‼』

「えっ……」

今すぐそこに行くって……本気で言ってくれているの？

瞬《まばた》きを何度もして、何て返事を言っていいのかわからない私。

赤城君は『早く！』っと、目印の催促《さいそく》をしてくれている。

「あの……でも、私眼鏡《めがね》をしていなくて暗いからよく周りもわかんなくて」

『はっ？ 何で眼鏡してねーの？』

もっともな質問をされてしまった。不思議がられても仕方がない。

「あの……家に、忘れてきちゃって……」

『家に忘れてきたってどんな言い訳……って、そんなんどうでもいいって！ とりあえず公園の名前とか何かないか？』

公園の出入り口にあるコンクリートの小さな柱に確か名前があったはず。

早歩きでそこまで行くと、コンクリートに彫《ほ》られた公園の名前を読み上げた。

「公園の名前……」

『えっ⁉　その公園⁇』

「うん、そう。知ってる？」

『知ってるも何も、俺ん家《ち》の目の前』

「えぇぇっ⁉⁉」

驚愕《きょうがく》の声を上げてしまった。

近所迷惑《めいわく》になっちゃうんじゃないかってくらい。

『待ってろ、すぐ行く』

そう言われて切られた電話。

どくどくどくと、高鳴る胸は止まらない。

どうしよう……赤城君がここに来る。

それだけでソワソワと一人落ち着かないまま、その場で待っていた。

家の目の前。というのは本当だった。

電話が切れたと思った途端、どこかでドアを開ける音がする。

しかも、「ちょっと出かけるー」っという赤城君の声が微《かす》かに聞こえた気がした。本当にこの近くなんだ。

キョロキョロと首で辺りを見回すけれど、暗闇《くらやみ》で眼鏡をしていない私にはハッキリと周りの様子はわからない。

でも、近づいてくる足音はちゃんと聞こえてくる。

走ってくるスニーカーの音……

私の後ろの方からだ。

「赤城君……？」

後ろを振《ふ》り返ると、街灯に照らされた人影《ひとかげ》が少し向こうにあるのがわかる。

背の高い影……間違《まちが》いなく赤城君だ。

「……あー……柏木⁉」

声が聞こえてわかった。

やっぱりそうだ。その存在がわかって自然に緩《ゆる》んでしまう頬《ほお》……

私は満面の笑《え》みで赤城君を迎《むか》えていた。

走って来てくれたはずなのに、なぜか途中《とちゅう》で止まった赤城君。

あれ？　もしかして人間違いしちゃった？

いや、でも確かに赤城君は私の名前を呼んでくれたから間違いないはずだけど。

ぼんやりとそこにある影まで私も小走りで近寄ってみた。

だんだんとハッキリしてくるその人影はやっぱり赤城君だった。

服装は遊びに行った時とは違って、ロゴのTシャツにハーフパンツという格好で現れた。

「ご、ごめんね……わざわざ出てきてもらって」

「い、いや、別に……いいけど。……お前、本当に柏木？」

言っていることがよくわからなくて首を傾《かし》げてみる。

すると、「うおっ！　その仕草ヤバイ！」っと、なぜか悶《もだ》えている赤城君。

……様子がおかしい……。

「眼鏡と髪形《かみがた》違うだけで別人過ぎ。柏木じゃねーよ、マジで」

「マジで」と言われても、コレはいつも自分で見ている私だ。

そんなに変わるものなのかな？　眼鏡を取って髪も結んでいないだけなのに。

「そ、そうかな……」

「うん、マジで可愛《かわい》いー。これからそうしろよ。モテるぞ」

頭、爆発《ばくはつ》した……。

赤城君に可愛いって言ってもらっちゃった……。

「ぜ、ぜ、絶対にしない！　今日だけは特別!!」

「そうなの？　もったいねー」

自分が何を言っているのか自覚はあるんだろうか？

それに、赤城君以外の人にモテても意味なんかないから、この人以外の前では絶対にしないっとはこっそりと今、決めた。

「で、何でここにいんの？　俺、てっきりあれから家に連れて帰られたと思っていたんだけど」

あの時の事を思い出すと、途端に暗くなる私の心。顔も俯《うつむ》いてしまい、赤城君の顔は見られなくなった。

「おーい。まさか家出してきたとか言うんじゃねーよな」

俯いた私の顔を下から覗《のぞ》き込み、探《さぐ》るように聞いてくる。その顔が結構な至近距離で胸の鼓《こ》動《どう》は勢いを増す。

でも、口から出てくる言葉は暗くなる言葉ばかりだ。

「家出……みたいなものかな？」

「えっ⁉　マジか！　柏木でもプチ家出とかするんだな」

どこまでも明るい赤城君は、私がやったことを何でもないように言ってくれる。それが正直やってしまった事の後悔《こうかい》を和《やわ》らげてくれて、心が少し軽くなった。

「原因は……やっぱ俺だよな？」

申し訳なさそうに自分の事を指差している赤城君。

私はブンブンと顔を横に振る。

「ち、違うから！　私が嘘《うそ》をついたから……」

「でも、嘘つかせたの俺じゃん？　誘《さそ》ったのも俺だし、それに勉強を教えることもよく思っていないみたいだし」

「違う……違うよ」

きっかけはそうだったとしても、赤城君のせいじゃない、絶対に。

確かに最初は強引《ごういん》なところがあったけれど、あの時間があったから私は色んな事に気付けたんだ。

だから、赤城君は悪くない。

悪いのはお母さんに自分の思いを何も言わず、ずっと言われるがまま逃《に》げていた私だ。

「私、初めてお母さんに反抗《はんこう》したの。初めて自分の意見を言えたの。今まで我慢《がまん》してきたこと、やっと言えたの」

赤城君は何も言わないで、私の言葉をずっと聞いてくれた。

「私、今まで自分は地味だから……勉強しかしてこなかったから周りとは合わないって自分で勝手に思い込んで、わざとみんなの目から逃げてて……だから、赤城君から勉強を教えてくれって言われた時は本当に驚《おどろ》いて嫌《いや》だったんだけど」

「えっ⁉　嫌だったのか⁉」

しまった‼　っと思った時はもう遅《おそ》かった。結構ショックを受けた赤城君の顔が目の前にあった……

「柏木って本当、サラッと傷つくこと言うよな……」

「ご、ごめん……次から気をつける……」

「うん。まっ、いーや……続けて」

赤城君は腰《こし》に手をあてて胸を張っている。

私はというと、今の自分の失態でますます言いたいことが頭の中で散乱してしまった。嫌だと言ってしまった事を訂正《ていせい》したいし、お母さんに伝えたい事を赤城君に言おうと思っても混乱してしまった頭の中では整理がつかない。

話し下手で会話が上手《うま》くできない私。

そんな私が一番赤城君に伝えなきゃいけない事だけは頑張《がんば》って言いたかった。

「あの、だから……私が言いたいのは、えっと……お母さんに怒《おこ》っちゃった理由は、私の大切な時間を無くさないでって事と……私も、勉強ばかりじゃなくって普通《ふつう》にお友達とも遊びたいし、恋《こい》もしたいって事を言ったってことを伝えたくて……だから、私が家を飛び出したのは赤城君のせいじゃないの。それだけは絶対に違うの。だ、だから……」

お腹《なか》の前で両手の指先を弄《いじ》りながら、めちゃくちゃなことを言っているのはわかっている。

でも、赤城君はずっと話を聞いてくれていた。

だから、最後に勇気を出した。

「お母さんは……赤城君に私に近寄らないでって言ったけど、私はそんなの絶対に嫌《いや》なの。さ、寂《さび》しい、から……赤城君がいないと、私、駄目《だめ》で寂しくて……

だから、これからも一緒《いっしょ》にいてほしい……」

目を瞑《つぶ》って精一杯頑張《せいいっぱいがんば》った。

顔も真っ赤になっていると思う。

でも……言った。言えた。

よかった……ちゃんと、伝えたい事を言えた……

言えた事に安堵《あんど》して肩《かた》の力が一気に抜《ぬ》けた。凄《すご》く長い深呼吸もしちゃった。

相当緊張《きんちょう》していたことが自分でもわかる。

こんな事言っちゃったけど、赤城君はどう思っているだろう。まだ何のリアクションもない。

声、小さすぎたのかな？　もしかして聞こえなかったのかな？

目を開けて上を見上げると、私の視界はすぐにまた真っ暗になった。真っ暗になったと思ったら、力強く包まれている私。

温かくて初めて体感する感触《かんしょく》と体温……私、赤城君の腕《うで》の中にいるんだ！

「……っ！」

想定外の出来事に手も足も使って暴れてしまう。それでも赤城君は離《はな》してくれなかった。

「ちょー待って。今、すげー我慢してるから。もう少し」

我慢してるって！　これのどこが我慢しているっていうんだろう!!

「やっ！　は、恥《は》ずかしいよぉ!!　赤城君、ここ外……！」

「外でそんな事言う柏木が悪い」

「私はただお話をしただけで!!」

「あれのどこがただの話、だよ。あんま煽《あお》るな、バカ。襲《おそ》うぞ」

「バッ！　バカは赤城君だよ！　何言ってるの!?」

顔も身体《からだ》も熱くなってきた私の目には涙《なみだ》が溜《た》まってきた。

それでもまだ離してくれない赤城君。離してくれたのは、私が暴れるのを止《や》めた数分後だった。

「……うっ」

離れた私を見た赤城君の第一声がコレだった。

目にいっぱい涙を溜めて泣くのを我慢している私の顔。

抱《だ》きしめられ、困り果てて真っ赤になった顔でずっと泣くのを我慢していた。

「ちょー……そんな顔すんなよ。我慢した意味ねーじゃん」

自分の額に手を当てて、また意味のわからないことを言っている赤城君をジロッと睨《にら》んだ。

「いきなり赤城君がこんな事するから……バカッ。嫌《きら》い……」

「うわっ！　マジかよ。俺、お前に嫌われちゃ登校拒否《きよひ》しちゃうかも！」

明るく笑うその姿は全く反省していないようだ。

そんな気なんかサラサラないくせに。

「赤城君が私の事なんかで登校拒否するわけないよ。大好きなバスケが学校にはあるのに」

「ははっ！　そうだなー。その前に佐々木のテスト受けなきゃ試合にも出れねーけど。だから、俺もお前がいなくちゃ困るんだよ」

赤城君は、私を喜ばすのが本当に上手だ。

私には勉強しか得意なことがないのを、それでもいいって言ってもらってるみたい。

勉強してきてよかったって、今ちゃんと思えてる。

「うん……月曜日で、最後だね」

約束の一週間は月曜日で終わり。その日が私と赤城君の個人授業最後の日だ。

「あっ、でも大丈夫《だいじょうぶ》か？　柏木母、絶対駄目だって言いそうだろ？」

〝柏木母〟なんて言われ方は初めてだから笑ってしまう。赤城君は大真面目《おおまじめ》だし。

「大丈夫だよ。一日くらい何とかしてみせるから。私より赤城君の勉強の方が大事だもん。だから、ちゃんと私が出した宿題ちゃんとしてきてね」

「おう。任せろ」

頭をくしゃっと撫《な》でてくれた大きな手。

凄い……私の頭なんて簡単に摑《つか》めちゃうんだ。

赤城君は私の頭を撫でた後、名残惜《なごりお》しそうに肩に手を置いた。

その仕草が不思議に思えて、瞬《まばた》きをして赤城君を見上げた。

「……なー、眼鏡《めがね》無しで俺の顔、見えてる？」

「えっ？　あんまり見えないかな？　今はもう夜だから辺りも真っ暗だし」

「どのくらいなら見える？」

「うーん……結構近寄らないと見えないかも」

「こんくらい？」

上半身を屈《かが》めた赤城君の顔は躊躇《ちゅうちょ》なく私へと近寄って来た。

それでも二十センチくらいは離れているから、街灯と家の明かりしかないこの辺りではよくわからなかった。

「もうちょっと？」

「じゃーこんくらい？」

そう言って近寄って来た赤城君の顔は鼻と鼻同士が擦《こす》れるくらいの近さだった。驚いて後ろに後ずさりしそうになったけれど、肩を持たれているから動けなかった。

「ち、近い……赤城君……」

「近いよ。だって近づいてるから」

その目はとても真剣《しんけん》で、見惚《みと》れてしまうくらいだった。

どうしてこんなことをするのか意味がわからなくてまた泣きそうになるけれど、それでも目を逸《そ》らすことは出来なかった。

こんなに見つめられるのは初めてだ。

何を考えているの？　赤城君は……

赤城君の視線は少し下へと向かった。その先にあるのは私の……

「……っだーっ!!　駄目だ！　やっぱセコイわ！　俺!!」

突然《とつぜん》の大声に全身でビックリした。

心臓、口から飛び出るかと思った！

赤城君は大声を上げたと思ったらその場にしゃがんでしまった。

「な、なな、な、何……??」

急速に動き続ける心臓の音。

自分の胸に手をあてて何とかしずめようとするけれど、なかなか難しい。

「あー自己嫌悪《けんお》……見えないのをいい事に近寄ろうなんてマジでセコすぎ」

なぜか激しく一人で後悔《こうかい》をしている赤城君は頭を抱《かか》えている。

しかもブツブツ何かを言っているみたいだけれど、何を呟《つぶや》いているのか全然わかんない。

……とりあえず、頭をポンポンっと叩《たた》いてみた。

「あの、大丈夫??」

「おー。大丈夫。悪《わり》ぃー。驚《おどろ》かせた」

立ち上がった赤城君はちょっと疲《つか》れた顔をしていた。

とりあえず、復活は出来たのかな？

首をグルリと回すストレッチをすると、私の手を摑んだ赤城君は歩き出そうとする。

「ど、どこに行くの⁉」

「どこに行くって帰るに決まってんだろ？　今もう何時だと思ってんだ？　柏木母、本気で心配して警察に連絡《れんらく》するかもしれないぜ」

ハッと正気に戻《もど》って腕《うで》時計で時間を確認《かくにん》した。

時間はとっくに八時を回っている。私からすればこんな時間に外にいるなんて未知の時間帯だ。

お母さんの事だから本当に警察に連絡しそうだ。

でも……帰るとなると、足が止まってしまう。

あんな啖呵《たんか》を切って飛び出してきた家。それに今お母さんに会うとまた言い合いになってしまいそう。

渋《しぶ》って立ち止まっている私を赤城君はずっと待ってくれている。

そして、こう言った。

「親とさ、喧嘩《けんか》して帰りたくない気持ちはわかるけど、でも帰ってやれよ。柏木母、絶対今頃《いまごろ》悲しんでるって」

「悲しんでる……？」

お母さんが？　怒《おこ》っているんじゃなくて悲しんでる？

そんな風に考えた事なんてなかった。

「ちょっとさ、やり過ぎ感が否《いな》めないけれどお前の事、マジで大切にしてると思うぜ。じゃなきゃ俺に〝近寄らないで!!〟なんて言わないだろ？　言い方も一方的だからお前が怒るのも無理はないけどさ、第三者の俺から見たら柏木、すげー大事にされてるよ。だからもう帰ってやったら？　携帯《けいたい》とか着信入りまくってんじゃないの？」

赤城君が指差したのは私の鞄《かばん》だ。

言われるがままに携帯をチェックすると、着信履歴《りれき》にはお母さんの名前がズラリとあり、留守番電話も入ってる。

その一番新しい留守番電話を聞いた。その留守番電話にはお母さんの泣きながら私に訴《うった》えている声が入っていた。

「どこにいるの？」と「早く帰って来て」そして「今までごめんなさい」。

お母さんから初めて聞くその言葉に、私もボロボロに泣いてしまった。

そんな私を赤城君は頭を撫でて慰《なぐさ》めてくれて「なっ？　だから早く帰ろうぜ」って言ってくれたから、私は素直《すなお》に頷《うなず》いた。

「私も謝らなきゃ……お母さんに、怒鳴《どな》っちゃったから」

「そうそう。素直が一番。あーでも俺は一緒《いっしょ》にいない方がいいよな。せっかく仲直りしたのにまたこじれちまいそう」

「そんなこと……」

自信がない。と言いたいけれど、自信がない。

赤城君に家まで送ってもらったらまた喧嘩になっちゃうかな？

「まっ、俺の事はまた改めてってことで。とりあえず家の前まで送るな」

そしてギュッと繋《つな》いでくれた温かい手。

私はまだ半分泣きながら赤城君に連れられて帰る。

今ほど赤城君が一緒にいてくれてよかったと思う時はなかった。

暗闇《くらやみ》の中、眼鏡がない状態で一人で帰ることが難しかったこともあるけれど、赤城君はずっと私の思いを聞いてくれた。

学校で一人で過ごす事は寂《さび》しかった事。

本当は友達と一緒に遊んだりお昼ご飯も食べてみたかった事。

休み時間も勉強じゃなくてお喋《しゃべ》りをしたり、最近の流行のファッションやテレビの話もしたかった事。

地味子や赤眼鏡と呼ばれるのが嫌《いや》だった事。

全部、全部聞いてくれた。

「じゃあさ、月曜からチャレンジしてみれば？」

「えっ……？」

帰宅するサラリーマンが多い中、帰りのバスの中で扉《とびら》のすぐそばに立って乗っていた時にそう言われた。

「別に全部始めなくていいからさ、まずは誰《だれ》もいない教室に行く事は止《や》めてみんながいる教室で過ごす事から始めろよ」

赤城君は何てことない風に言うけれど、私にとっては相当勇気がいることだ。

みんながワイワイと騒《さわ》いでいる中、一人でポツンといるの？

そんな事、今から考えただけでも寂しいし辛《つら》い。

「大丈夫《だいじょうぶ》、大丈夫！　教室には俺も玲もいるだろ？　一人じゃねーから、なっ？」

赤城君は元気に明るくそう励《はげ》ましてくれる。確かに赤城君も五十嵐さんも同じクラスだけれど……

「だ、大丈夫かな……変に思われないかな……」

「思うわけねーよ。もしかしたらお前と喋ってみたかったっていうヤツ、いるかもよ？」

「そんな人……いるかな？」

「あっ、でも」

否定的な言葉にドキッとした。

何だろう……何か言いたいことあるのかな？

「男にはあんまなれなれしくされるなよ？　俺だけな」

赤城君ってば、真剣な顔でそんな事を言っていた。

俺だけ……

「それって……」

どういう意味⁇　って聞いてみたかったけれど、赤城君も自分が言った事に後で気付いて、
口を真一文字にして真っ赤になっていた。

その姿に私も恥《は》ずかしくなってしまって、お互《たが》いに下を向いてしまう。

でも、今の言葉の意味。

もし私の勘違《かんちが》いじゃなかったら、私、赤城君の事を特別扱《あつか》いしてもいいってことだよね？

勉強を見なくちゃいけないからとか、そういうんじゃないよね？

頼《たよ》りない胸に手を当てて、心臓の音を確かめる。

胸から飛び出してくるみたいにずっと大きな音が鳴っている。

いつまでも下を向いているわけにはいかないから視線を上に上げると、ちょうど目が合った。

お互い照れくさそうに笑ったところで、バスは私の家の最寄《もよ》りのバス停に到着《とうちゃく》した。

「……送ってくれてありがとう」

家の前まで送ってくれた赤城君に感謝の言葉を口にした。

家の明かりは点《つ》いているから、お父さんもお母さんも家にいるはず。

どんな顔で帰ろうか悩《なや》むけれど、赤城君はずっと笑顔《えがお》で私を見てくれている。

だから、私も笑顔でさよならしなきゃ。

「頑張《がんば》って仲直りしろよ」

「うん、頑張る」

「でも何かあったらすぐに電話でもメールでもしてくれよな。いつでもさっきみたいに飛んで来てやるから」

「あははっ！　ありがとう」

……うん。勇気もらえた。大丈夫。

最後に繋いでいた赤城君の手をギュッと握《にぎ》り締《し》めて離《はな》した。

そして手を振《ふ》って私は家の鍵《かぎ》を開け、中に入る。その姿を確認してから赤城君は帰って行った。

「……ただいま」

扉を開けて中に入ると同時に聞こえてきたのは大人二人分の急ぐ大きな足音だった。

「美佑!!　どこに行ってたの！　あぁっ大丈夫!?　変な人に付きまとわれたりしなかった!?　危ない目にあってない？　よかった！　無事に帰って来てくれて!!」

私の姿を確認するなり、顔ごと腕《うで》で抱《かか》え込み覗《のぞ》き込んでくるお母さん。

お父さんは私の姿を見て静かに安堵《あんど》していた。

何だかもうそれでよかった。赤城君の言うとおりだった。

私は大切にされている。

大事に想《おも》ってもらっている。

もう、これで充分《じゅうぶん》だった。

「大……丈夫……ごめんなさい。お母さん、お父さん、心配かけて」

私が謝ると、お母さんは力いっぱい抱《だ》きしめてくれた。

お父さんも「早く上がりなさい。ご飯まだだろう？」っと言ってくれる。

帰って来て用意してくれたのは、私の大好きなメニューばかりだった。

食が細いのは知っているくせに、きっと思いつく限りの料理を作ってくれたんだと思う。

食事をしながら家族でいっぱい話をした。今度は感情的にならないように、思ったことを全部ちゃんと言った。

お父さんのフォローもあってか、お母さんに勉強がおろそかにならなければ遊びも楽しんでいいと約束してもらえた。

よかった……これで、みんなと……赤城君とまた遊びに行ける。

デザートのプリンを頬張《ほおば》りながら喜んでいると、お母さんから一言。

「遊びに行くのはいいけれど、男の子と二人でこんな時間までは遊びに行っちゃ駄目《だめ》よ。わかったわね」

それだけはきつーく言われてしまった。

そして部屋に戻《もど》って、赤城君にすぐにメールをした。

〝大丈夫だったよ。ちゃんと仲直りも出来た〟っという報告のメールを送る。

すると、すぐに返信が返ってきた。

〝そっか！　よかったな！　これでまた遊びに行ける？〟

その本文に自然に笑みが零《こぼ》れる。

〝うん、行けるよ。また遊びたい〟

素直《すなお》に思ったままの言葉を送った。

赤城君は待ってくれていたのか、すぐに返事を返してくれる。

〝その前にバスケの練習試合観《み》に来いよ！　あと、月曜日な！　数学よろしくー〟

っと、プレッシャーも何も感じていない緩《ゆる》いメールが送られてきた。

「もう大丈夫なのかな。佐々木先生が出すテストに合格する気あるのかな？」

そう呟《つぶや》きながらも、悲しんでも寂しくても月曜日が二人で過ごす最後の日。

その日……生まれて初めての勇気を出してみようか。

赤城君が褒《ほ》めてくれた私の容姿で、小説の中でしか読んだことのない言葉を伝えてみようかと悩んでいた。

勉強机に置かれていた眼鏡《めがね》を手に取る。

「もう、地味子は卒業……してみようかな」

その時の事を考えると高鳴る胸に眼鏡をあてて、一人思い悩む夜を過ごした。

第10話「放課後はキミと一緒に」

月曜日の朝、部屋の時計を見るとそろそろ登校しなくちゃいけない時間だ。

今まで学校に行く月曜日、こんなにドキドキして向かうことなんてなかった。

鏡を熱心に見る自分も。

「コンタクトは用意出来なかったからせめて髪形《かみがた》だけでも……」

赤城君に褒めてもらった眼鏡を外し、結ぶのも止《や》めた顔と髪形。

気恥《きは》ずかしいけれど髪は一つに結ぶのを止めて丁寧《ていねい》に櫛《くし》で梳《と》かして、真っ直《す》ぐのストレートにした。

頑張って変わらなきゃ。

赤城君の隣《となり》に立っても恥ずかしくないくらいになれるように。

「あらっ！　可愛《かわい》いじゃない！　似合うわ、美佑！」

私の髪形にいち早く気付いてくれたのはお母さんだ。勉強以外のことで褒められるのはまだ慣れなくて照れくさいけれど、笑顔で応《こた》えた。

そして真剣《しんけん》な顔になって、昨日の夜から何度も練習した言葉をお母さんに伝える。

「あのね、お母さん。お願いがあるの」

「なに？」

「今日、一日だけ。今日で最後だから、赤城君と二人で最後の勉強をさせてほしいの。放課後に勉強が出来なかった分は帰ってから頑張るから。だから、お願いします」

頭を思いっきり下げてお母さんに反対された赤城君との勉強のことを頼《たの》み込んだ。

そう簡単には頷《うなず》いてもらえないと覚悟《かくご》していたけれど、返ってきた返事は思いもよらない言葉だった。

「わかったわ。今日一日だけね」

「えっ……」

「そのかわり、帰ってきたらいつも以上に自分の勉強を頑張《がんば》りなさい。約束よ」

お母さんは私がこう言い出すのがわかっていたんだろうか？

あまりにもあっさりとしたやり取りに気が抜《ぬ》けたけれど、込み上がってくる感謝の気持ちで胸はいっぱいだ。

「ありがとう、お母さん……いってきます」

「いってらっしゃい。気をつけてね」

お母さんと言葉を交《か》わし家を出ると、今日も雲一つない真っ青な空がそこにはあった。

朝の澄《す》んだ風も吹《ふ》いていて、深呼吸したくなる。

「よし……頑張ろう」

今日は新しい私の第一歩の日だ。

いつもなら下を向きながらバス停まで歩くけれど、今日からは前を向いて背筋を伸《の》ばして歩いて行く。前を向いて歩く道は、想像以上に気持ちがよかった。

バスを降りて学校に向かい、正門をくぐり二年生の靴箱《くつばこ》へと歩いて行く。

その靴箱の前で二人の女子の姿が目に入った。

一人は色白で華奢《きゃしゃ》で顔の表情は困り顔なんだけれど、それがとても可愛らしい女の子。もう一人はこの前知り合ったばかりの遠藤さんだった。

いつもの私ならここは素通《すどお》りで通ってしまうところだ。

でも、私は変わるって決意したんだ。

これもその最初の一歩だ。

「あっあの、遠藤さん、お、おはよう」

「えっ？　あ、おっおはよう柏木さん！」

勇気を出して知っている遠藤さんから先に声をかけた。

でも、お互《たが》い人見知りな私達。

私が声をかけてきたことに驚《おどろ》いたみたいだったけれど、私が目配せで隣の女の子を見ていると慌《あわ》てて紹介《しょうかい》してくれた。

「あ、あのね、この子はね、深瀬緑《ふかせみどり》ちゃん。深谷君の彼女なんだ。知ってるよね？　バスケ部のエースの深谷君」

　この子、あの時赤城君を探していた深谷君の彼女だったんだ。

「あの、私、柏木美佑です。えっと……お、おはよう」っとたどたどしく言うと、頬《ほお》をピンク色に染めながら小さな声で「おはよう」っと返してくれて会釈《えしやく》をしてくれた。

　そうか、この二人の彼氏はバスケ部なんだ。

　だったら、赤城君が誘《さそ》ってくれた練習試合の応援《おうえん》もきっと来るよね？

　そう確信した私は、もう一度勇気を振《ふ》り絞《しぼ》って頑張って声を出した。

「えっと、あの私、今度の日曜日のバスケ部の練習試合、観に行くんだけど……その、よかったら、その、い、一緒に応援しない……かな？　っと思って」

　二人とも、一瞬《いっしゅん》キョトンとした表情をしていた。

　あぁ……いきなり図々《ずうずう》しかったかな？

　そう後悔《こうかい》していたら、思いもしない言葉が返ってきた。

「本当!?　わぁ、よかった！　実は私達も柏木さんの事、誘おうって話してたんだよね？　緑ちゃん！」

　必死に訴《うった》えてくれる遠藤さんに「うん」っと優《やさ》しく微笑《ほほえ》んでくれている深瀬さん。まさか誘ってくれようとしていたなんて思ってもいなくて、返す言葉が思いつかなかった。

でも、遠藤さんが「だって柏木さんって赤城君とすっごく仲がいいでしょ？　だから、柏木さんを誘ったら赤城君も喜ぶかな？　って言ってたの」っと言われた時は、「えぇぇっ！」っと大声を出してしまったけれど。

そんな私を笑って見てる二人は凄《すご》くいい子達だ。

初めての女の子のお友達……

この子達とならきっとなれそうな気がする。

「ふふっ。練習試合、色んな意味で楽しみだね！　緑ちゃん！」

「うん、本当に楽しみ。あっ、そうだ。柏木さん、この前の土曜日ってあの塾《じゅく》の説明会に来てた？」

「えっ？　う、うんっ」

深瀬さんが小さな声だけど、私に聞いてきた内容にまた驚いた。

「実はね、私もその塾の説明会に行っていたの。本当はそこで声をかけたかったんだけど、私も人見知りでなかなか勇気が出なくて」

長い睫毛《まつげ》に困ったように下がっている形の綺麗《きれい》な眉《まゆ》で目一杯《めいっぱい》私に語りかけてくれる深瀬さん。

彼女もあの塾の説明会に来ていたんだ！

「じゃあ、同じ塾？」

「うん、あっちでもよろしくね？」

「よ、よろしくっ！」

「あーっ、いいなぁ……私もその塾行こうかなー？」

「本当？　香織ちゃんも行こうよ。みんなで行けばきっと楽しいよ、ねっ？　柏木さん」

深瀬さんは私に同意を求めてくれる。

当然、その言葉に大きく首を縦に振った。

初めて喋《しゃべ》った女の子に初めての女の子同士の約束。

二人と別れたあとも私は嬉《うれ》しくて興奮状態は続きっぱなしだ。

早く赤城君にこの事を伝えたい……そんな考えでいっぱいだった。

でも、教室の前に辿《たど》り着くと途端《とたん》に臆病《おくびょう》になり、歩く足も止まってしまう。

中にはいつもと同じクラスの子達が騒《さわ》ぐ声。笑う声ばかりが耳について、その中にずっと一人でいる事を考えるとどうしても足はすくんでしまう。

「……どうしよう」

開いていない教室の扉《とびら》の前で一人ポツンと立ち、開けるのを躊躇《ちゅうちょ》していた。

やっぱり短い休憩《きゅうけい》の時だけ教室にいることにして、HR前やお昼休憩はあの無人の教室で過ごそうか……

いきなり教室で一日を過ごすのは、私にはハードルが高かったのかもしれない。足を教室に入れる事を諦《あきら》めていつも過ごす教室に向かおうとした時、私の背中を誰《だれ》かが押した。

「こらっ。どこに行こうとしてんだよ」

一日ぶりに聞くこの声……

後ろを振り返ると、部活鞄《かばん》を提《さ》げて教室に来た赤城君の姿があった。

屈託《くったく》のない笑顔《えがお》は私を安心させると同時に胸を高鳴らせる。

真っ直《す》ぐに見つめてくる視線につい、下を向いてしまった。

「ちょっと、赤城。何立ち止まって……って。えっ？　誰⁇　んっ？　んん⁇　柏木さん⁉」

赤城君の背後から出てきたのはマネージャーの五十嵐さんだ。いつも美人の顔が私を見て驚いた顔になっていた。

「どうしたの、その髪形《かみがた》！　すっごい綺麗な髪してんじゃん！　絶対いーよ、こっちの方が‼」

結んでいた髪を下ろしているのに気付いてくれ、指先で髪を掬《すく》ってくれて大袈裟《おおげさ》なくらいに褒《ほ》めてくれている。

その声をきっかけに、周りにいた同じクラスのバスケ部員の男の子三人がいっせいに私の方を向いた。

「えっ？　柏木？　柏木ってえっと……」

「〝トンボの地味子〟って誰かがあだ名をつけた女子だろ？　ウチのクラスの。あれ？　雰囲《ふんい》気違《きちが》くね？」

「それよりこんな時間にお前、いたっけ？」

バスケ部員となれば全員長身だ。私の前に大きな壁《かべ》が出現したみたいだった。

これは……ちょっと怖《こわ》い……

赤城君に助けを求めようと目線を移すけれど、なぜだか不機嫌《ふきげん》になっていて声がかけづらい。

その時、真ん中の男子に顔を覗《のぞ》き込まれて結構な至近距離《きょり》になる。

「授業以外でここにいるのほとんど初めてだよな？　お前、こんな顔だったのか……っいて!!」

近寄られたと思った顔は一瞬で痛みに歪《ゆが》んだ顔になった。

赤城君があの大きな手のひらで、この男子の後頭部をいい音を鳴らして叩《たた》いていた。

「何すんだよ！　大地！」

「うるせー、ビビってんだろ。離《はな》れろよ」

「何だよ、いきなり機嫌悪くなりやがって」

「ふんっ」っと子どもみたいに拗《す》ねている赤城君の顔は、少し頬が赤くなっている。

「お前らも早く入れ」っと、その長い足で他《ほか》のメンバーの子を払《はら》い除《の》けてくれている姿に、五十嵐さんも笑いながら彼らの後に続いて教室に入って行った。

廊下《ろうか》に残されたのは私と赤城君だけだ。

「……あ、ありがとう」

ここは助けてくれたお礼を言うべきなんだろう。見上げると、ちょっと睨《にら》まれてしまった。

「土曜日に言ったばっかりなのに」

「何……？」

「俺以外の男となれなれしくするなって」

「あっ」

そうだ、確かにそう言われていた。その言葉が凄く嬉しかった事も覚えてる。

「えと……あの、ご、ごめ……」

「それに髪形……俺がモテそーって言ったからしてきたのか？」

「へっ？」

あれ？　何で機嫌が悪いんだろう？

だって赤城君が褒めてくれたからこの髪形にしたのに。

手でサイドの髪《かみ》を持つと、まだ櫛《くし》で梳《す》いたままの状態で髪はサラサラを維持《いじ》している。

「私、モテたいんじゃなくて、赤城君が褒めてくれたから……また褒めてくれるかなっと思ってこの髪形に頑張《がんば》ってしてきたの……や、やっぱりらしくない？　……かな？」

「えっ……」

ちゃんと視線を合わせる自信がなくて、上目遣《うわめづか》いになってしまった。

眼鏡《めがね》のレンズからは視界がはみ出るから赤城君の顔はぼやけてよくわからないけれど、声からして多分ビックリしているんだと思う。

「……」

どうして無言なんだろう。

土曜日は凄くテンション高く「いーじゃん！　似合う！」とか言ってくれたのに。

あれは私の勘違《かんちが》いだったのかな？

落ち込んでいく顔は首と共に下を向いてしまった。

「……もー、何でそういう事、教室の前で言うかなー？」

赤城君はまた首の付け根を強く掻《か》くと、周りをキョロキョロして開いていた扉を閉めた。

入らないの？　と思ったら、さっきのバスケ部の男子と同じ位に顔を近寄らせてくる。

「うひゃっ！　な、何⁇」

至近距離の赤城君の顔は悪戯《いたずら》っ子のような顔をしている。

ドキドキが止まんなかった。

そして私にだけ聞こえるように言ってくれた。

「その髪形、やっぱすげー可愛《かわい》いー。最高っ！　頑張ってきてくれてありがとうな」

そう言って眩《まぶ》しすぎるくらいの笑顔を私にくれた。

「さ、ささささ最高……⁉」

「うん、最高ー。いいっ！　クラスの中で一番いいっ！　あっ、内緒《ないしょ》な。今、俺が言った事。

他の女子に怒《おこ》られちゃうし」

赤城君の思いもよらない褒め言葉にお世辞とわかっていても、飛び上がるほど嬉しかった。

顔を両手で隠《かく》し、熱いのを抑《おさ》える。

「ははっ！　そんな顔じゃ教室に入れねーな」

「もうっ！　誰のせいよう……」

「いーや、このまま佐々木が来るまで廊下にいようぜ。まだ他のクラスの奴《やつ》らも教室に入ってねーし」

指と指の隙間《すきま》から廊下に立っている周りの子達を見た。

そんなに多くはないけれど、確かに廊下でお喋りをまだしてる。

どう考えても、こんな顔じゃ教室には入れない……この日の朝は、HRまで赤城君が一緒《いっしょ》に時間を過ごしてくれた。

そして佐々木先生が来た時、「また、放課後なー」と、約束をして私の忘れられない一日が始まった……

授業はともかく、頑張ったのは休憩時間。

珍《めずら》しいものを見るようなクラスの子達の視線は堪《たま》らなかったけれど、時々赤城君が気にかけてメールをくれた。

でも、さすがにお昼を赤城君達のグループで一緒に食べるわけにはいかない。

だから、ここでまた勇気を出した。

私の机のすぐ近くでは五十嵐さん達のグループがお弁当を食べるために三人の輪を作っている。

その後ろに立ち「い、一緒に食べてもいい？」っと声をかけると、彼女達は笑顔で輪に入れてくれた。

そんな一日を終えた私は、放課後になってから赤城君と過ごすことが当たり前になっている教室にいる。

今日は一段と眩しい夕日に包まれた教室に二人で来て、いつものように筆箱から赤ペンを取り出す。

最後の個人授業の時間だ。

「言っただろー？　お前と話してみたいって思ってるヤツ、絶対いるって」

部活鞄《かばん》から私が課題に出したノートを取り出し、照れくさそうに差し出した。

きっと赤城君はこうなることがわかっていたのかもしれない。

だからあの時言ったんだ。「教室で過ごす事から始めてみれば」って。私に自分で踏《ふ》み出す勇気と機会を与《あた》えてくれたんだ。

「うん、ありがとう」

泣きそうになりながらもお礼を言う。

もう……本当に大好きだ。

そうやって私なんかに目一杯《めいっぱい》笑顔で応《こた》えてくれるところも。

誰《だれ》かをこのままずっと独り占めしたいなんて思ったことなんて、今までなかったのに。

赤城君となら、ここにずっと二人《じ》でいたいっと思える。

だから、今日この個人授業が終わったら……

また勇気を出してみよう。

私の今日一番の勇気。

「あのね、赤城君。今日、この勉強が終わったら……き、聞いてほしい事があるの」

先に言っておかないと、また逃《に》げてしまいそうになるかもしれない。

有言実行にするために、話があると先に伝えようと思っていた。

「……それ、もしかしたら俺と同じ事？」

「えっ？」

机に両腕《りょううで》でうつ伏《ぶ》せになって目だけ私の方を向いている赤城君の顔は、耳まで真っ赤になっていた。

そして私が持っているノートを指差す。

「課題の最後のページ、見てみて」

「最後？」

これは私がずっと課題を出していて採点をしていたノートだ。

最初はバツばっかりだったのに、最近はマルの方が多くなっている。

赤城君の努力の証《あかし》がいっぱい詰《つ》まっている。

パラパラっとノートの紙が音をたてて捲《めく》られていく。

そして私が書いた課題の最後に、もう見慣れていた赤城君の文字が文になって書かれている。

それを読んで私はノートを落としそうになった。

「……俺からの柏木に出す初めての問題。答え、マルかバツかで書いて」

眼鏡は外していないから、視界がぼやけたわけじゃない。

涙《なみだ》が溢《あふ》れて、目の前が見えなかった。

そこに書かれた文字。それは……


〝好きです。〟

〝俺と付き合って下さい！〟（　　）

「嘘《うそ》……」っと呟《つぶや》き、口を両手で覆《おお》う。

夢みたいな出来事に、何度も何度もその文字を読み返した。

赤城君は腕から目を出してこっちを向いていて、耳は真っ赤なまま私の様子を窺《うかが》っている。

そしてこの現実をじわじわと実感してきた私は、可愛らしすぎる赤城君の告白を涙と共に笑う声が次々と溢れてきた。

「ふっふふっ……このカッコに答えを書いたらいいの？」

「うん……」

赤城君に見つめられるまま、私は持っていた赤ペンで大きなマルを書いた。

「……っよっしゃー！」

うつ伏せのまま長い腕を伸《の》ばして小さい声で聞こえてきた、喜んでくれる声。

まさか、赤城君の方から言ってくれるなんて思いもしなかった。

きっと今頃《いまごろ》、私がしどろもどろになって言う告白を赤城君に我慢《がまん》して聞いてもらうことになると思ったから。

ノートに書き綴《つづ》られているその告白の文字を一つ一つ指先でなぞる。

「現実じゃないみたい……まさかこんな事をしてもらえるなんて」

〝好きです。〟

〝俺と付き合って下さい！〟

「何度も読まないと都合のいい夢だって思っちゃいそう」

涙で震《ふる》えるか細い声で想《おも》いを伝える。

涙が溜《た》まってしょうがないから眼鏡を外し、机に置いた。

「あーあ、泣いちゃった」

「だって……嬉《うれ》しくて……」

椅子《いす》から立ち上がった赤城君は私のすぐ横にしゃがんで同じ目線になってくれた。

そしてその大きな手で私の頬《ほお》を両手で包み、親指で流れた涙を拭《ぬぐ》ってくれる。

「ひゃっ……な、何、何してるの⁉」

「泣き顔の柏木ってたまんねーくらい可愛《かわい》いーの。ホント、マジ可愛いー」

「やだっ！　やめ、やめてぇ……」

至近距離《きょり》で見つめられている興奮と恥《は》ずかしさと愛《いと》おしさと嬉しさで、もう私の感情はめちゃくちゃに複雑だ。

私の頬を包んでくれる大きな手はまるで〝離《はな》さない〟っと伝えてくれているようで、その手に込められた想いにまた涙がこぼれた。

止まるどころか自分の〝好き〟の気持ちが溢れて、涙になって流れているみたいだ。

それを赤城君が受け止めてくれていることがたまらなく嬉しかった。

だから、囁《ささや》くような小さな声だったけれど、私の素直《すなお》な気持ちを伝えた……

「私も、好き。……赤城君と出逢《であ》えてよかった」

薄《うつす》らと目を開けて見つめた先には、制服のシャツが見える。

この肩《かた》に抱きついてもいいかな？

震える手はどこを触《さわ》っていいのかわからなくてどうする事も出来ないけれど、今動きが止まった彼の身体《からだ》には簡単にくっつく事は出来そうだった。

ゆっくりと首を動かして赤城君の肩に額をくっつけた。

すると、少し強めに私を抱きしめてくれた。

「もー何でそんな可愛いーこと言えるんだよ」

困ったような言い方だったけれど、どこか嬉しそう。

私は震える手をそっと赤城君の胸に添《そ》えた。

「私のこと可愛いなんて言うの赤城君くらいだよ」

「そー？　じゃー、俺だけでいーや。俺だけの柏木だもん」

ピッタリと止まった涙。

ビックリした……赤城君は本当、何でもストレートだ。

「顔、見せて？　俺だけが見てもいい柏木の顔」

私を椅子から床《ゆか》におろした赤城君は、覗《のぞ》き込むように私の顔を見つめる。

涙でぐしゃぐしゃだから恥ずかしいけれど、唇《くちびる》をギュッと噛《か》み締《し》めて我慢した。

床に座り込んでお互《たが》いに見つめあう私達。

静かな教室には時々、夕方の涼《すず》しい風が頬をかすめて夕暮れが近づいていることを身体で感じた。

熱くなった身体に夕方の涼しい風は気持ちよかった。

今日のために下ろした髪《かみ》は風に吹《ふ》かれて涙の頬に纏《まと》わりつく。

それを赤城君は丁寧《ていねい》に払《はら》ってくれた。

「……うん。やっぱり可愛いー」

「うっ……あんまり見ないで……」

「うはっ。それも無理」

上に強引《ごういん》に向かされて、穴があくくらい見られている私。

今まで誰かにこんなに見つめられた事なんてない。

しかも相手は大好きな男の子……

言葉とは反対にもっともっと見ていてほしいって思ってしまうあたり、私は相当独占欲《どくせんよく》が強いみたい。

でも、好きな子が相手なら誰《だれ》でもそう思うのかな？

赤城君が「俺以外の男となれなれしくするな」って言うのと同じだ。

それがわかると、嬉しくて笑いが止まらなかった。

「ふふっ……」

「んっ？　また笑った。何か可笑《おか》しいか？」

「ううん……楽しい。赤城君とこうしてるの」

ちょうど眼鏡《めがね》がなくても見える距離の赤城君の顔は目がまん丸になっていた。

キョトンという表現が似合う顔。また、笑ってしまった。

「あっ！　今、俺の顔を見て笑ったろ!?」

「だ、だって……変な顔……」

「お前なー、せっかく出来た彼氏にそういうこと言うか？　普通《ふつう》はカッコいいーとかだろ？」

「あははっ！　ゴメン。だって今まで私、赤城君のカッコいい顔なんて見たことないもん」

「だからお前……そう傷つく事をサラッと言うなよ」

拗《す》ねた顔が可愛くてまた笑ってしまう。

きっと今、「可愛い」なんて言ったら怒《おこ》られちゃうんだろうな。

「今度のバスケの練習試合、絶対に来いよ！　俺のめちゃくちゃカッコいい姿見せてやるからな！　絶対惚《ほ》れ直すから！」

自信たっぷりの顔に今度は頼《たの》もしさを感じる。

うん、その顔、カッコいいよ。っと、心の中で呟いておいた。

「うん、楽しみにしてる。でもその前に明日《あした》の佐々木先生のテスト、絶対に合格点取らなきゃね」

「うあー……そうだ……もう明日だー」

赤城君は私の肩に項垂《うなだ》れると一気にテンションが下がってしまった。

ポンポンっと、髪を撫《な》でても起き上がる反応はない。

「お勉強、頑張《がんば》ろう？　ねっ？」

「……やる気出ねー……」

「どうして？　今まで元気いっぱいだったのに」

「………っしてくれたら、やる気出る」

「えっ？　何⁇」

「だから………ス」

赤城君は私の肩に顔を埋《うず》めているせいか、肝心《かんじん》なところがこもってしまって聞こえ辛《づら》い。

ちゃんと聞き取れるように顔を近づけると、そのまま頬を引き寄せられた。

そこにしっかりと触《ふ》れた初めて感じる柔《やわ》らかいもの……

それは数秒だけ触れるとあっさりと離れた。

「よーしっ！　やる気出た！　頑張ろーっ！」

棒読みで聞こえてくるのは確かに赤城君の声。だけど私にそのやる気は全く頭に響《ひび》いてこなかった。

だって私が今集中している場所は……

今まで触れていたところに指先を当てる。

「あ、赤城君っ！」

「あははっ！　せんせーが怒ったー。コエー」

軽く笑うと立ち上がり椅子に座って自分だけ勉強の準備を始めている。

私なんて腰《こし》が抜《ぬ》けて立ち上がることすら出来ないのに！

「信じられない！　い、いきなり……初めてだったのに……!!」

「おっ、一緒《いっしょ》じゃん。よかったなー初めて同士で」

「そういう問題じゃないー！」

叫《さけ》んだら抜けた腰はどうにか持ち直して、ふらつきながらも立ち上がることは出来た。

もうこの日の勉強内容なんて私はほとんど覚えていない。

でも、赤城君は確実に私が今まで教えてきた事をちゃんと理解してくれて、そして真面目《まじめ》に勉強してくれて……

明日のテストはきっと大丈夫《だいじょうぶ》。そう確信出来た。

そして迎《むか》えた翌日のテスト。場所は職員室だった。

昼休みにテストを行って採点した後、放課後に職員室に呼ばれた赤城君。

もちろん、私も後からついて行って出てくるのを廊下《ろうか》で待っていた。

「うぅ……大丈夫だとわかっていても緊張《きんちょう》する……」

どうかミスなく終わりますように……

それだけをずっと祈《いの》っていた。

数十分待っていたけれど、あまりにも長いから職員室を覗いてみようか？　と思った瞬間《しゅんかん》、勢いよくドアは開かれた。

「わっ！　柏木、そこにいたのか!?」

出てきたのは待っていたその人だった。

手には答案用紙が握《にぎ》られていて、見えるのはマルばっかりだった。

もう、聞かなくてもわかった。

「よ、よかった……大丈夫、だったんだ……」

「当たり前ー。余裕《よゆう》で合格！」

私にテストを見せようとした赤城君の頭を、誰かが飛んで来ていい音を鳴らして叩《たた》いた。

「なーにが余裕だ！　誰のおかげで合格点を取れたと思っているんだ、お前は！　まずは柏木に礼を言うのが筋だろうが！　このバカたれ！」

廊下に響き渡《わた》るような大声で赤城君を怒鳴《どな》りつけたのはバスケ部顧問《こもん》の佐々木先生だった。

かなりいい音を鳴らして叩かれたから、赤城君はとっても痛そうに頭を押さえている。

「いってーなー。さっきまで散々説教してたんだから、もう怒鳴らなくてもいいじゃん。せっかく勉強から解放されたのにー」

緩《ゆる》い赤城君の態度に心底切ない顔をした先生が肩《かた》を落とす。

「お前は何でそう危機感が足りないんだ。テストはこれだけじゃないんだぞ？　これからもまだまだ続く……」

「あーもーうるせー！　いいんだよ、俺にはこれからは専属のせんせーが付いてるから！　説教終わり！　行こうぜ、柏木」

「ひゃっ！　あっ、う、うん。し、失礼します！」

手首を引っ張られて早足の赤城君に小走りの私を佐々木先生は呆気《あっけ》に取られて見ていた。

赤城君、職員室にいた時間が長かったのは説教されていたからなんだ。

その姿を想像しちゃうと、やっぱり笑ってしまう。

「あっ、また笑ってる」

「うん。赤城君の怒られているところを想像したら笑っちゃった」

「ひっでー」

二人で歩く廊下は二年生の靴箱《くつばこ》に近づいて行く。

赤城君はこれから部活のようでその表情はとてもいきいきとしていた。

私はこれから帰らないと通い始めた塾《じゅく》の時間に間に合わない。

駅ではお友達になったばかりの緑ちゃんが待っている。

「あっ、俺さ、今度の練習試合、スタメンで出られるみたい」

「本当？　じゃあ最初っから赤城君の姿が観《み》られるの？」

「佐々木がここまで頑張ったことに感動してご褒美《ほうび》だってさ。俺、どんだけ成績悪かったんだ？　今まで」

「……でも、そのおかげで私は赤城君とこうなることが出来たよ？」

相変わらず眼鏡は外していない私だけど、今日も頑張って梳《と》かしてきた髪《かみ》を繋《つな》いでいない手で弄《いじ》った。

「頭悪いのもたまには役に立つなー。俺も自分の頭の悪さに感謝だ」

「あははっ。もう……でもこれからはちゃんと頑張ろうね。私が見てるから」

「もっちろん。あっ、そうだ！　今日の合格とスタメン入りの記念に練習試合の帰り、プリクラ撮《と》りに行こうぜ」

「えっ！　プリクラ⁉」

「そっ、この前撮れなかったプリクラ。約束な、約束！　絶対撮るぞ」

強引に手を取られ、指切りげんまんをされてしまった。

その赤城君の必死さにおかしくなって、お互《たが》い顔を見合わせて笑顔《えがお》を交《か》わす。

そして人気《ひとけ》が少ない廊下に私達の笑い声が響き渡る。

廊下でこんな風に歩いて、笑って……

どこまでも自由で明るくて太陽みたいなこの人のおかげで私はかけがえのない日々を過ごす事が出来てる。

小説の中でしかあり得ないって思っていた甘い甘い青春が詰《つ》まった日々。

きっと、これからもずっとこの人となら過ごす事が出来るよね。

「美佑」

「えっ？」

突然《とつぜん》呼ばれた名前に反応して自分の靴箱に伸《の》ばす手が止まった。

そして唇《くちびる》を塞《ふさ》がれた。

「あ、あっ！　赤城君！」

「あははーっ！　これでやる気がまた出てきた！」

顔が真っ赤になり震《ふる》えている私と大満足な顔をしている彼。

どうやら甘い甘い青春は、まだまだこれからみたい。

あとがき

皆様《みなさま》、初めまして。りぃと申します。この度《たび》は『放課後はキミと一緒に』を手に取ってくださり、本当にありがとうございます。心から感謝いたします。

この『放課後はキミと一緒に』は、私が普段《ふだん》から執筆《しっぴつ》活動をしております、エブリスタで開《かい》催《さい》された「角川ビーンズ文庫　学園ストーリー大賞」で準大賞という大変光栄な賞をいただき、書籍《しょせき》化の運びとなりました。

それからはもう夢中になって改稿《かいこう》作業に取り掛《か》かりました。私は改稿作業というものはあまり得意ではないのですが、美佑《みゆ》ちゃんと赤城《あかぎ》君の二人が大好きな私にとって、このお話の作業は最後まで楽しんで頑張《がんば》れました。

それは、担当様が最後の最後までまだまだ未熟者の私をずっと励《はげ》ましてくれ、親切にご指導してくださったおかげだと思います。本当にたくさんの迷惑《めいわく》をおかけしました……。今でも感謝の気持ちでいっぱいです。

このお話の登場人物を作る時、最初の設定でちょっとこだわったところがいくつかあります。

まず、美佑ちゃんの好きな物や日常に不可欠なものは「赤」で統一しました。

赤眼鏡《めがね》に赤ペン、赤色のブックカバーに赤城君です。美佑ちゃんみたいに自信がなく、引っ込み思案で自分をうまく表現できない子は、きっと赤城君みたいに天真爛漫《てんしんらんまん》で太陽みたいな男の子がきっと必要だろうと思い、赤城君が誕生しました。

勉強はダメで部活大好き、そして友達思いの男の子。クラスに必ずいる人気者の男の子と、地味女子の恋愛《れんあい》。お友達から始まり、徐々《じょじょ》に自分を曝《さら》け出《だ》せる女の子へと成長させるのには、家族との関係も必要だと思い、お母さんとのシーンも取り入れました。実際、ここが書くのに一番悩《なや》んだシーンでもあります。きっと、美佑ちゃんと同じ悩みを抱《かか》えている十代の子供達ってたくさんいると思います。そんな子達に、少しでも励ましになれるような作品に出来上がっていたらいいなと、そう願っております。

そして、カバーイラストと挿絵《さしえ》を担当してくださったあずさきな様。初めて、美佑ちゃんと赤城君のカバーラフを拝見した時の感動と衝撃《しょうげき》は、本当に凄《すご》かったです。二人がイラストとなって誕生し、『放課後はキミと一緒に』の世界が出来上がったことは、私にとって宝物のような出来事です。美佑ちゃんと赤城君をこんなに素敵《すてき》に描《えが》いてくださり、本当にありがとうございました！

最後に、書籍化するにあたり、エブリスタ運営の皆様、ビーンズ文庫の担当様、全《すべ》ての関係者の皆様、本当にありがとうございました！

これからも頑張ります。そして最後まで読んでくださった皆様、本当にありがとうございました。

りぃ

本書はエブリスタ「学園ストーリー大賞」入賞作に修正、加筆したものです。
この作品はフィクションであり、実在の人物、団体等とは一切関係ありません。

「放課後はキミと一緒に」の感想をお寄せください。
おたよりのあて先
〒102-8078　東京都千代田区富士見1-8-19
株式会社KADOKAWA　角川ビーンズ文庫編集部気付
「りぃ」先生・「あずさきな」先生
また、編集部へのご意見ご希望は、同じ住所で「ビーンズ文庫編集部」
までお寄せください。

放課後《ほうかご》はキミと一緒《いつしよ》に

りぃ

角川ビーンズ文庫　BB705-1　20192

平成29年2月1日　初版発行

発行者———三坂泰二
発　行———株式会社KADOKAWA
〒102-8177　東京都千代田区富士見2-13-3
電話 0570-002-301（カスタマーサポート・ナビダイヤル）
受付時間 9:00～17:00（土日 祝日 年末年始を除く）
http://www.kadokawa.co.jp/
印刷所———暁印刷　製本所———BBC
装幀者———micro fish

ISBN978-4-04-105015-6 C0193 定価はカバーに明記してあります。

秋《あき》吉《よし》理《り》帆《ほ》
イラスト◆藤原ゆか
昨日のアイツ、今日の君。
Kinou no aitsu kyou no kimi
昨日「好き」って言ってくれた
君は、誰――?
心ふるわす初恋ストーリー!
同じクラスの折坂くんに告白された高校2年生の鈴。
でも翌日、折坂くんに別人のようにそっけなく「告白なんて、してない。勘違いじゃねーの?」なんて言われて!?
エブリスタ「学園ストーリー大賞」準大賞受賞作!

●角川ビーンズ文庫●

ライオンちゃんとチワワくん。
著：滝沢美空
イラスト：森野 萌
残念美形vs.女子力ゼロの、
恋愛練習お付きあい!?
高校恋愛デビューをしたい莉緒は、同じクラスで幼稚園時代のいじめっ子・綾人と再会。しかも彼は莉緒が原因で女子恐怖症だった！ そんな二人が“ちゃんとした恋愛”をする練習として付きあうフリをすることに……!?

第16回
角川ビーンズ小説大賞
原稿募集中!
Web投稿
受付
はじめました!
ここが「作家」の第一歩!
賞金 大賞100万円
優秀賞30万
奨励賞20万 読者賞10万
締切 郵送▶2017年3月31日(当日消印有効)
WEB▶2017年3月31日(23:59まで)
発表 2017年9月発表(予定)
審査員 ビーンズ文庫編集部
応募の詳細はビーンズ文庫公式HPで随時お知らせします。
http://www.kadokawa.co.jp/beans/
イラスト/宮城とおこ